LLAMAS GEMELAS 2

Derechos Reservados

Ophelia Sharuh

LLAMAS GEMELAS 2
Dos Almas, Un Destino

Primera Edición 2024

Derechos Reservados

El presente libro no puede ser reproducido en su totalidad o en parte, por cualquier método o procedimiento, sin el permiso previo y por escrito del titular del copyright. La reproducción no autorizada del mismo puede ser objeto de sanciones civiles y penales.

TÍTULO DEL LIBRO:
Llamas Gemelas 2

AUTOR:
Ophelia Sharuh

CORRECCIÓN:
Tessa Romero

MAQUETACIÓN:
Alejandro Parra Pinto

PRODUCCIÓN GENERAL:
Álvaro Parra Pinto
Ediciones De La Parra

PRIMERA EDICIÓN
Copyright©Ophelia Sharuh, 2024

A Ethan, mi llama gemela, por inspirarme a escribir estas páginas con el fuego de nuestro amor como guía.

VI

ÍNDICE

LLAMAS GEMELAS 2.. 1

Derechos Reservados IV

ÍNDICE VII

INTRODUCCIÓN 1

CAPÍTULO 1 ¿Todas las Personas Tienen una Llama Gemela?..5

   El propósito profundo 6

   El sendero único de cada alma.......................................8

   La belleza de la diversidad espiritual............................9

CAPÍTULO 2 Hazte Estas Dos Preguntas 11

   Mi experiencia como llama gemela 14

   Un ejercicio para escuchar la voz de tu corazón......... 16

CAPÍTULO 3 La Diferencia de Edad............................. 19

   La madurez del alma supera la edad biológica 23

   El regalo de la diferencia de edad 26

   La sabiduría del tiempo divino................................... 28

Carta a tu llama gemela 31

CAPÍTULO 4 Llamas Gemelas del Mismo Sexo 35

El amor no conoce género 37

La variedad de experiencias 38

Desafíos y prejuicios 39

Rompiendo paradigmas 40

Energía masculina y femenina 41

Carta de amor de Gloria a Sheila 42

CAPÍTULO 5 Energía Femenina y Energía Masculina .. 47

La esencia de la energía femenina 48

La esencia de la energía masculina 51

Cómo saber si soy energía femenina o masculina 53

CAPÍTULO 6 Una Señal Inequívoca de que es tu Llama Gemela 55

La historia de Charlotte y Carter 59

CAPÍTULO 7 Romanticismo y Enamoramiento 63

Instantes de magia 64

Miradas que hablan 65

Abrazos que trascienden 65

Un romance diferente 66

El enamoramiento 66

Amor de alma a alma 67

El templo del alma 67

El efecto del enamoramiento 68

CAPÍTULO 8 Señales de que Tu Llama Gemela Está Pensando en Ti 71

La sutil sensación de la presencia 72

Estrellas fugaces: El destello del universo a tu favor . 74

Sueños vívidos 77

Los mensajes telepáticos 80

Números repetidos: El mensaje místico del Universo 82

Oleadas de emoción 84

Sincronicidades 86

La conexión instantánea 88

Las canciones que aparecen de la nada 89

Animales y criaturas inusuales: Mensajeros del reino espiritual 91

El poder de los sueños compartidos 93

Un encuentro en el reino de los sueños con mi llama gemela 95

CAPÍTULO 9 LA LEY DEL ESPEJO 101

Ejercicio del espejo 105

CAPÍTULO 10 La Separación no es Real, es un Espejismo 111

Abrazando la distancia 112

El vacío que crea 113

Un viaje de autorreflexión 113

El poder del despertar espiritual 114

Amar sin ataduras 115

La importancia de la comunicación espiritual 115

La magia de las sincronicidades 116

Aprendiendo a esperar 117

La comunicación del corazón 118

La separación prolongada: ¿Es realmente tu llama gemela? 122

Reflexiones finales 124

CAPÍTULO 11 Sexo: La Unión Sagrada de las Llamas Gemelas 125

La energía Kundalini: La serpiente de la pasión 126

El poder del contacto físico 127

El placer de la unión 129

Decretos poderosos para elevar la energía sexual 130

CAPÍTULO 12 Durante la Separación: ¿Puedes Tener Otras Relaciones Íntimas? 135

¿Practicar o no el celibato? 138

Crecimiento personal y sanación 140

¿Y si aún no se ha encontrado a la llama gemela? 142

Conclusión 142

CAPÍTULO 13 Conviértete en una Llama Gemela Irresistible 145

Soltar la necesidad de controlar 146

Permite que tu luz interior ilumine el camino hacia tu llama gemela 147

Cultiva la autoaceptación y el amor propio 148

Cultiva la comunicación auténtica 149

Nutre tu crecimiento espiritual 151

Abraza la vulnerabilidad 151

Confía en el Universo 152

Decretos para ser irresistible para tu llama gemela...153

CAPÍTULO 14 El Destino de las Llamas Gemelas: ¿Siempre Terminan Juntas?..157

El pacto de las almas 158

El libre albedrío 160

Fe en el propósito divino 161

El amor eterno 162

Oración para invocar a tu llama gemela...................163

Oración: 166

CAPÍTULO 15 Carta a mi Llama Gemela 169

GRACIAS POR LEER ESTE LIBRO 173

INTRODUCCIÓN

Querido lector:

¿Alguna vez has sentido que hay alguien en el mundo que es tu complemento perfecto, tu otra mitad? ¿Alguna vez has experimentado una conexión tan profunda, tan intensa, tan mágica con alguien, que te ha hecho cuestionar todo lo que creías saber sobre el amor? ¿Alguna vez has vivido una historia de amor tan apasionada, tan dolorosa, tan transformadora, que te ha hecho evolucionar como persona y como ser espiritual?

Si has respondido que sí a alguna de estas preguntas, es muy probable que hayas encontrado a tu llama gemela.

Las llamas gemelas son dos almas que se originaron de la misma fuente divina, y que se separaron para experimentar la vida en la dualidad. Su propósito es el de aprender, crecer y evolucionar, hasta que estén listas para reunirse de nuevo y completar su misión espiritual.

Ophelia Sharuh

Con gran honor, te presento la segunda entrega de mi serie de libros dedicada a las llamas gemelas. Si aún no has tenido la oportunidad de sumergirte en el primer libro, titulado *Llamas Gemelas: El Camino hacia el Amor Verdadero*, te recomiendo encarecidamente que lo leas. En sus páginas, encontrarás todo lo necesario para dar tus primeros pasos en este fascinante mundo.

En esta ocasión, nos aventuraremos aún más profundamente en el misterioso y apasionante universo de las conexiones entre llamas gemelas. A través de relatos, reflexiones y ejercicios prácticos, te guiaré en tu búsqueda del amor verdadero y la conexión espiritual.

El camino de las llamas gemelas no es fácil. Está lleno de obstáculos, pruebas, desafíos y lecciones. Los fuegos gemelos se encuentran y se separan, se aman y se odian, se atraen y se rechazan, se buscan y se evitan. Todo esto forma parte de su proceso de sanación, de su purificación, de su alineación. Las llamas gemelas se reflejan mutuamente sus heridas, sus miedos, sus sombras, sus luces. Se enseñan mutuamente el verdadero significado del amor incondicional, del perdón, de la compasión, de la entrega.

Este libro es una guía para todas las personas que se sienten identificadas con este concepto de llamas gemelas, y que quieren comprender mejor su dinámica, su propósito y su destino. En este libro encontrarás información, consejos, testimonios y reflexiones sobre los diferentes aspectos que involucra esta relación tan especial y tan sagrada.

Te sugiero que tengas un cuaderno donde puedas tomar notas de las ideas principales, realizar los ejercicios propuestos y escribir tus pensamientos y reflexiones sobre lo que vayas aprendiendo. Así podrás practicar lo que lees, revisar tu progreso y consolidar tus conocimientos. El cuaderno será tu herramienta personal para aprender y avanzar en tu proceso de llamas gemelas.

En estas páginas, quiero explorar la esencia de lo divino, la chispa que enciende nuestros corazones y nos conecta con algo más grande que nosotros mismos. Hablaré de Dios, pero entiendo que cada persona tiene su propia interpretación y relación con lo trascendental. Algunos lo llaman Dios, otros lo ven como el Universo, la Energía o simplemente una fuerza inexplicable. Y está bien. Porque, al final del día, lo importante es que encontremos significado, esperanza y amor en nuestra búsqueda espiritual, sin importar cómo lo nombremos.

Ophelia Sharuh

Así que, querido lector, te invito a leer estas palabras con un corazón abierto y a encontrar tu propia verdad en ellas. Que esta historia sea un reflejo de tu propio viaje, donde la fe y la espiritualidad se entrelazan en un camino único y personal. Que encuentres consuelo, inspiración y la certeza de que no estás solo en esta vasta y misteriosa existencia.

Que cada página sea una puerta hacia lo sagrado, y que puedas cruzarla con la certeza de que, sin importar tus creencias, eres parte de algo más grande y hermoso.

Si sientes que este libro es para ti, te invito a que lo leas con el corazón abierto, con la mente receptiva y con el alma dispuesta. Te invito a que lo leas con la intención de aprender, de crecer y de evolucionar. Léelo con la certeza de que el amor de tu llama gemela es el mayor regalo que el universo te ha dado, y que nada ni nadie podrá separarte de ella.

Te invito a que lo leas con amor.

CAPÍTULO 1
¿Todas las Personas Tienen una Llama Gemela?

«Parece que te he amado en innumerables formas, innumerables veces... Vida tras vida, época tras época, para siempre».

Rabindranath Tagore

Es natural que te hagas esta pregunta en tu viaje en busca de respuestas sobre las llamas gemelas. Te has sumergido en un mundo de conexiones espirituales y amor profundo, y es completamente comprensible que te preguntes si todos tienen una llama gemela esperándolos en algún lugar.

La respuesta a esta pregunta es un tanto compleja y requiere una reflexión más profunda. Así que, tómate un momento para abrir tu corazón y mente mientras exploramos este intrigante aspecto de las llamas gemelas.

Primero, recordemos que somos seres únicos, cada uno con una historia de vida única, desafíos y lecciones que aprender. Nuestras experiencias son como huellas dactilares, distintas de las de cualquier otra persona. Esto significa que no todos experimentarán el fenómeno de las llamas gemelas de la misma manera o en la misma medida.

Es importante comprender que las llamas gemelas no son una experiencia universal, como el amor de pareja o la amistad, que la mayoría de las personas experimentarán en su vida. Son una conexión espiritual extraordinaria que ocurre entre dos almas específicas y complementarias.

Es esencial reconocer que estas conexiones especiales tienen un propósito espiritual profundo. A menudo se dice que las llamas gemelas están destinadas a encontrarse en un momento crucial de su viaje individual, pero ¿por qué? ¿Qué significa esta reunión?

El propósito profundo

Nuestras almas son como piezas de un rompecabezas cósmico, cada una con un lugar único y esencial en la imagen completa del universo. Así, la conexión entre llamas gemelas es un recordatorio de que nuestras almas están en constante búsqueda de la unidad y la completitud. Al encontrarse, estas parejas espirituales experimentan un profundo despertar espiritual y una expansión de la conciencia. Este proceso puede ser desafiante, pero también es sumamente gratificante, ya que lleva a un mayor entendimiento y amor incondicional.

Sin embargo, es importante destacar que no todas las almas necesitan esta experiencia específica para su crecimiento espiritual. El viaje de cada una es único, y algunas pueden encontrar conexiones significativas en otros tipos de relaciones espirituales.

Piensa en nuestras almas como exploradoras en un inmenso océano espiritual: algunas pueden elegir embarcarse en la travesía de las llamas gemelas, navegando hacia lo más profundo de su ser para encontrar a su complemento espiritual. Otras almas pueden optar por explorar otros rumbos, como relaciones kármicas, almas afines o incluso relaciones platónicas profundas. Cada una de estas conexiones tiene su propio valor y propósito en el viaje espiritual.

Nuestro amor no tiene principio ni fin, solo tiene presente. Porque en cada momento estamos juntos,

aunque estemos separados. Porque en cada instante te siento, aunque no te vea.

La diversidad de las conexiones espirituales enriquece nuestra experiencia como seres espirituales. Ya sea a través de las llamas gemelas o de otras conexiones, cada encuentro nos lleva un paso más cerca de comprender nuestra verdadera naturaleza espiritual y el propósito de nuestra alma en este universo en constante expansión.

El sendero único de cada alma

A medida que exploramos las maravillas del mundo de las llamas gemelas, es fundamental recordar que cada alma tiene un camino único en esta vida y en su evolución espiritual. No existe un solo camino que se ajuste a todos, ya que nuestras almas son como luceros brillantes en la inmensidad del universo, cada una con su propia luz y dirección.

Para algunas almas afortunadas, el camino de las llamas gemelas es la experiencia fundamental que los impulsa hacia un crecimiento profundo y una transformación espiritual. La unión con su llama gemela puede ser el catalizador que despierte su conciencia espiritual y los lleve a un viaje de autodescubrimiento y amor incondicional.

Reflexiona sobre tu propio camino espiritual. ¿Has experimentado otras conexiones espirituales que te han enriquecido y ayudado a crecer? Cada paso en tu camino tiene un propósito y un significado, y todas las experiencias son valiosas en tu viaje espiritual.

La belleza de la diversidad espiritual

La diversidad espiritual es una de las bellezas del viaje humano. No todos experimentarán las llamas gemelas, y eso está bien. El universo es infinito y diverso, y las conexiones espirituales vienen en muchas formas y tamaños.

Entonces, ¿tiene todo el mundo una llama gemela? Creo sinceramente que sí, pero encontrarse y unirse dependerá de si eligen unión en esta vida, según el contrato de alma que firmasen antes de encarnar en este mundo.

Sin embargo, todos tienen la oportunidad de experimentar conexiones profundas y significativas en sus vidas de maneras únicas y especiales. No importa cuál sea tu experiencia, lo que importa es el amor y la evolución que encuentres en tu camino espiritual.

¿Has encontrado significado y amor en otras conexiones espirituales? Recuerda que la belleza del viaje espiritual radica en su diversidad y singularidad.

En última instancia, querido lector, recuerda que el amor y la evolución espiritual son los tesoros que descubrimos en nuestro camino, y cada experiencia, sea cual sea, contribuye a la riqueza de nuestra alma.

En este viaje espiritual, es importante mantener un corazón abierto y una mente receptiva. Puedes estar seguro de que, sea cual sea tu camino, está diseñado para tu crecimiento y evolución. En lugar de compararte con los demás o preocuparte por si tienes o no una llama gemela, enfócate en tu propio viaje y las conexiones especiales que se te presenten.

Recuerda, la espiritualidad es un viaje personal y único. Abraza cada experiencia, relación y lección en tu camino, y confía en que el universo te guiará hacia el amor y la sabiduría que necesitas en este momento. Las respuestas están en tu interior, esperando ser descubiertas.

CAPÍTULO 2
Hazte Estas Dos Preguntas

«¿Qué es el amor? Un sueño, una ilusión, una esperanza, una realidad, una fantasía, una verdad, una mentira, una certeza, una duda, una magia, una ciencia».

Gabriel García Márquez

Te invito a responder dos simples pero profundas preguntas que pueden cambiar tu forma de ver y vivir tu relación con tu llama gemela: ¿Qué deseas realmente con ella? ¿Por qué anhelas estar con tu gemelo?

Estas preguntas pueden parecer sencillas, pero encierran una gran sabiduría. Te invitan a mirar dentro de ti, a reconocer tus verdaderos sentimientos y motivaciones, a ser honesto contigo mismo y con tu pareja espiritual. En este momento, te propongo que observes a tu llama gemela no como una entidad espiritual idealizada, sino como un ser humano real y completo, con todas sus virtudes y defectos, con sus luces y sus sombras.

¿Qué es lo que realmente deseas compartir con esta persona, más allá de lo espiritual? ¿Qué conexiones humanas y terrenales te gustaría forjar? Recuerda, la espiritualidad es solo una faceta de nuestra existencia, pero no la única. También somos seres emocionales, mentales y físicos, y necesitamos nutrir todas estas dimensiones en nuestra relación.

La primera pregunta, «¿Qué anhelas en tu relación con tu llama gemela?», nos invita a explorar nuestras metas y aspiraciones personales en esta unión. Te insto a dejar momentáneamente de lado la etiqueta de «llama gemela» y abordar esta pregunta con total honestidad. ¿Qué es lo que verdaderamente te atrae de esta persona? ¿Qué experiencias esperas vivir o qué logros deseas alcanzar en esta conexión? Ten presente que cada relación es un viaje único y personal, más allá de cualquier etiqueta espiritual. No te dejes influir por lo que otros dicen o esperan de ti, sino por lo que tu corazón te dicta.

La segunda pregunta, «¿Por qué deseas estar con tu llama gemela?», nos lleva al núcleo de nuestras motivaciones. ¿Qué impulsa realmente tu deseo de unión? ¿Es un amor puro y auténtico, o existen otras razones detrás de esta búsqueda? A veces, podemos confundir el amor con la dependencia, el apego, el egoísmo o la idealización. Estas actitudes pueden generar sufrimiento y frustración, tanto para nosotros como para nuestra pareja. Por eso, es importante examinar nuestras intenciones y asegurarnos de que nuestro amor es genuino y desinteresado, que respeta la libertad y la individualidad de nuestra llama gemela, que no busca poseerla ni cambiarla, sino acompañarla y apoyarla en su camino.

Reflexionar sobre estas cuestiones te permitirá profundizar en tu relación con tu llama gemela. Recuerda, el camino hacia una conexión auténtica comienza con la honestidad hacia uno mismo. Solo así podrás abrirte a la verdad de tu alma y de tu pareja, y crear una relación basada en el amor, la confianza y la armonía.

Estas dos preguntas, en su aparente simplicidad, abarcan una multitud de cuestiones más profundas de lo que podrías imaginar en un primer momento. No obstante, en su esencia, te guiarán hacia la comprensión de tus auténticos anhelos y motivaciones en este viaje espiritual de las llamas gemelas.

Solo al cuestionar nuestras motivaciones más profundas, podemos descubrir la verdad de nuestros deseos.

Ahora, quiero dirigirme directamente a ti, querido lector. ¿Alguna vez te has planteado estas preguntas? ¿Has examinado profundamente qué es lo que realmente deseas y por qué buscas estar con tu llama gemela? Este proceso te invita a mirar más allá de las ilusiones y las expectativas, y a conectarte con la verdad de tu corazón. Te invita a reconocer que tu llama gemela no es un ideal, sino un ser humano con sus propias complejidades, con sus virtudes y sus defectos; a aceptarla y amarla tal como es, y a permitir que ella te acepte y te ame tal como eres; a crear una relación que trascienda lo humano y lo espiritual, y que sea una expresión de la unidad y la completitud de vuestras almas.

Mi experiencia como llama gemela

Respecto a la primera pregunta, «¿Qué anhelas en tu relación con tu llama gemela?», a medida que exploraba mi corazón, entendí que lo que realmente deseaba era esa profunda complicidad, esa conexión que se extendía mucho más allá de lo físico. Quería encontrar en mi gemelo un reflejo de mí misma, un guía espiritual en este viaje.

En cuanto a la segunda pregunta, «¿Por qué anhelas estar con tu llama gemela?», en los momentos oscuros recordaba que mi deseo de unión no estaba impulsado por la necesidad, sino por el amor puro y auténtico que sentía hacia mi ser amado. Este amor, profundo y espiritual, me guio a través de las sombras hacia la luz.

A medida que avanzaba en este viaje, comprendí que mi relación con mi llama gemela era un reflejo de mi relación conmigo misma. Nos desafiamos mutuamente a crecer, a sanar viejas heridas y a evolucionar espiritualmente. Nos convertimos en espejos de nuestras almas, reflejando nuestras virtudes y defectos con amor y comprensión.

Querido lector, después de todo, tu relación con tu llama gemela es un viaje espiritual y humano en constante evolución. Aprovecha esta oportunidad para crecer, amar y descubrirte a ti mismo en el proceso. ¡El universo está esperando tus respuestas para guiarte hacia tu llama gemela!

Un ejercicio para escuchar la voz de tu corazón

Encuentra un lugar tranquilo y cómodo donde puedas relajarte sin distracciones. Si lo deseas, enciende una vela o incienso para crear un ambiente más sereno y espiritual.

Toma varias respiraciones profundas y conscientes para centrarte en el momento presente. Siente cómo el aire entra y sale de tu cuerpo, y deja que cualquier tensión o preocupación se disipe con cada exhalación.

Toma un momento para leer las dos preguntas propuestas: «¿Qué deseas realmente con tu llama gemela?» y «¿Por qué anhelas estar con tu llama gemela?». Permítete reflexionar honestamente sobre estas preguntas sin juzgarte a ti mismo.

Cierra los ojos y sumérgete en tu mundo interior. Imagina a tu llama gemela frente a ti, como si estuvieran compartiendo un momento íntimo juntos. Observa cómo te sientes en su presencia y qué emociones surgen en tu corazón.

Visualiza vuestro encuentro de la manera más vívida posible. Imagina los momentos compartidos, las conversaciones profundas y las experiencias significativas que deseas vivir juntos. Permítete sentir la alegría y la plenitud que estas experiencias te brindan.

A medida que te sumerges en tu visualización, profundiza en tus verdaderos deseos y motivaciones. ¿Qué es lo que realmente buscas en este encuentro? ¿Qué aspectos de ti mismo deseas explorar y compartir con tu llama gemela? Permítete ser honesto contigo mismo y escuchar la voz de tu corazón.

Después de completar la visualización, toma el cuaderno y escribe tus pensamientos y reflexiones. Registra tus respuestas a las dos preguntas y cualquier señal o revelación que hayas experimentado durante el ejercicio.

Toma un momento para agradecer al universo por su guía y por el camino que estás recorriendo, y vuelve a tu entorno presente con una sensación de paz y claridad.

Este ejercicio te ayudará a profundizar en tus verdaderos deseos y motivaciones para encontrar a tu llama gemela, o si ya la tienes, para comunicar con ella a nivel del alma, así como a comprender mejor tus necesidades emocionales y espirituales. De esta manera, podrás alinear tu esencia con la de tu pareja y cumplir vuestro propósito divino.

Al explorar tus deseos más profundos, obtendrás una mayor claridad sobre lo que realmente buscas en tu encuentro con tu ser amado y cómo puedes avanzar en tu viaje espiritual.

Al conectar con tu corazón y expresar tus verdaderos deseos, fortalecerás tu intención de encontrar a tu llama gemela y enviarás un poderoso mensaje al universo.

Ya sea que ya hayas encontrado a tu llama gemela o estés en búsqueda de ella, este ejercicio te ayudará a profundizar en tu conexión espiritual y a alinear tus deseos con la verdad de tu corazón. Recuerda que el universo siempre está escuchando tus intenciones y trabajando para guiarte hacia tus más profundos anhelos. Confía en el proceso y ábrete a recibir el amor y la conexión que deseas.

CAPÍTULO 3
La Diferencia de Edad

«El amor no tiene edad, siempre está naciendo».

Blaise Pascal

Esta historia que te cuento a continuación es una de esas que me hizo descubrir el misterio y la magia de las llamas gemelas, esas almas que se reconocen y se complementan a la perfección. Me emocionó ver cómo el amor verdadero puede superar cualquier obstáculo, incluso el de la diferencia de edad. Por eso quiero contarte esta historia, para que te sirva de inspiración si tú también estás viviendo una situación difícil por amar a alguien mayor o menor que tú.

Jocelyn y Alberto se habían conocido en una fiesta. Desde el primer momento, hubo una conexión especial entre ellos y se enamoraron perdidamente.

Alberto supo en el primer instante que conoció a Jocelyn que ella era el amor de su vida. Se sintió cautivado por su inteligencia, su belleza, su sentido del humor y su madurez. Jocelyn también se fijó en Alberto, un chico especial, sensible, cariñoso, culto e inteligente, y además muy guapo. Se preguntó si podría ser el amor que tanto había buscado, pero había algo que le impedía entregarse por completo: la edad. Ella tenía 39 años y él 25, una diferencia de quince años.

Aunque físicamente no se notaba tanto, pues ella aparentaba ser mucho más joven y tenía una personalidad extrovertida y alegre, más que muchas chicas de la edad de él, Jocelyn no podía evitar sentirse insegura. Para Alberto, la edad no era ningún problema, pero para Jocelyn sí. Temía el juicio de la gente.

Además, ella tenía un hijo de trece años y, por su edad, no quería volver a tener hijos. Alberto, en cambio, deseaba formar una familia con ella. Esta diferencia de planes llevó a Jocelyn a romper con él. Alberto no podía resignarse a perderla, pues la amaba con toda su alma. Le importaba poco la edad que ella tuviera. Le decía una y otra vez que no necesitaba tener hijos, que solo quería que estuviesen juntos. Pero Jocelyn tomó una decisión muy dolorosa, pensando que era lo mejor. Cortaron el contacto y siguieron con sus vidas.

Diez años después, el destino les volvió a juntar. Se encontraron por casualidad en un restaurante. Él iba con su hijo de siete años y ella con una amiga. Se reconocieron al instante y se saludaron con cordialidad. Su amiga se despidió al terminar el almuerzo y Jocelyn y Alberto quedaron para salir al día siguiente a dar un paseo por el mar.

Para el amor, no existen montañas demasiado altas ni océanos demasiado profundos que puedan separar corazones unidos.

Él le dijo que estaba divorciado y ella le contó que poco después de estar con él conoció a un hombre y estuvo con él en pareja, pero a los tres años él la dejó y desde entonces había conocido a otros hombres, pero ninguno le hacía tan feliz como Alberto le hizo feliz en el pasado. Cuando estaba con él se sentía tranquila, en paz, como si estuviese en casa.

Mientras caminaban por la orilla del mar, Jocelyn y Alberto se miraban con ternura y nostalgia. Recordaban los momentos felices que habían compartido, pero también el dolor que les había causado su separación. Se dieron cuenta de que, a pesar del tiempo y la distancia, seguían sintiendo lo mismo el uno por el otro.

Se confesaron cuánto se habían extrañado. Se detuvieron y se abrazaron con fuerza, notando el latido de sus corazones. Se besaron con pasión, como si fuera la primera vez. Se sintieron plenos, como si hubieran hallado la otra mitad de su alma.

Con miedo, Alberto le preguntó si quería volver a estar con él. Estaba nervioso, temiendo que ella lo rechazara de nuevo. Jocelyn lo miró y vio en su mirada todo el amor que le tenía. Vio también el reflejo de su propio amor. Sintió que no había nada que la hiciera dudar. Sintió que era el momento de tomar una decisión, que era el momento de ser feliz al fin.

Alberto la besó con alegría y la levantó en el aire. La gente que pasaba por allí los aplaudió y los felicitó. Ellos sonrieron y agradecieron. Se sentían bendecidos por el destino. Se sentían unidos por Dios.

Los años han pasado, pero su amor sigue intacto. Jocelyn y Alberto continúan juntos y enamorados, disfrutando de cada momento. Han superado los obstáculos, han vencido los prejuicios y han cumplido sus sueños. Se miran a los ojos y se sonríen, sabiendo que se tienen el uno al otro. Se abrazan y se besan, sintiendo que su conexión es única. Se dicen «te quiero» y se agradecen, reconociendo que son llamas gemelas. Son felices, muy felices.

Jocelyn y Alberto son el ejemplo de que el amor verdadero existe y que nada ni nadie, ni la diferencia de edad, puede romperlo.

El amor es la luz que disipa las sombras del miedo y la duda, mostrándonos que en su resplandor, no hay lugar para los obstáculos ni para la oscuridad.

A continuación, exploraremos este tema que a menudo causa confusión y preocupación en el camino de las llamas gemelas: la diferencia de edad. Veremos cómo la edad y el tiempo encajan en este mágico viaje.

La madurez del alma supera la edad biológica

En el camino de las llamas gemelas, la edad cronológica es simplemente una cifra en el reloj terrenal. No deberíamos permitir que esta cifra nos limite ni nos defina, ya que somos seres multidimensionales cuya esencia se extiende más allá de las fronteras del tiempo. En lugar de enfocarnos en los años que hemos pasado en este plano físico, es crucial reconocer que nuestra verdadera medida se encuentra en la madurez del alma.

¿Alguna vez has tenido el privilegio de conocer a alguien cuya sabiduría y madurez espiritual eran palpables, independientemente de su edad cronológica? ¿Has sentido cómo su presencia irradiaba una profundidad de conocimiento y comprensión que parecía trascender los límites impuestos por los años vividos en la Tierra? Esto es precisamente lo que quiero destacar: la madurez del alma.

Vuestras almas pueden haber vivido vidas terrenales separadas por décadas o incluso siglos en términos cronológicos, pero en el plano espiritual, están perfectamente alineadas. Su conexión va más allá de cualquier diferencia temporal, y esto es lo que define a las llamas gemelas.

La verdad es que las llamas gemelas pueden manifestarse en diferentes etapas de la vida y en distintas edades físicas, pero lo que las une es la sincronicidad espiritual. Cuando dos almas están listas para aprender las lecciones mutuas, para sanar y crecer juntas, el universo las reúne en el momento adecuado, sin importar si hay una diferencia de edad en el mundo terrenal.

Este fenómeno es un hermoso recordatorio de que nuestras almas están en constante evolución. A través de múltiples encarnaciones y experiencias, adquirimos sabiduría y madurez espiritual que no se mide en años, sino en lecciones aprendidas y almas enriquecidas. Algunas almas pueden avanzar rápidamente en su desarrollo espiritual, mientras que otras pueden tomar más tiempo, pero todas tienen su propio ritmo.

Para aquellos que se aman verdaderamente, no hay imposibles, solo oportunidades de demostrar la fuerza y la resistencia del corazón.

Así que, cuando te encuentres reflexionando sobre la diferencia de edad entre tú y tu llama, recuerda que, en el plano espiritual, la cronología es insignificante. Lo que importa es la conexión de almas, la resonancia espiritual y la voluntad de ambos de embarcarse en este viaje juntos. La madurez del alma es la clave que trasciende el tiempo y el espacio, uniendo a las llamas gemelas en un lazo eterno que va más allá de cualquier medida terrenal.

Por tanto, no permitas que la diferencia de edad te distraiga o te haga dudar de la autenticidad de tu conexión con tu ser amado. Confía en que el universo siempre trabaja en tu beneficio, y que tu alma y la de tu gemelo están destinadas a encontrarse en el momento perfecto, independientemente de la edad que aparezca en vuestros documentos de identidad terrenal. La madurez del alma es la brújula que guía este viaje espiritual, y su belleza radica en que no conoce límites temporales ni barreras.

El regalo de la diferencia de edad

Cada alma que encarna en este mundo llega con su propio conjunto de lecciones y experiencias de vida. A veces, cuando dos almas se cruzan en su camino hacia la evolución espiritual, pueden encontrarse en puntos muy diferentes de sus viajes terrenales. Esta divergencia puede manifestarse en una significativa diferencia de edad, lo que podría sorprender a algunos, pero en realidad, es una oportunidad extraordinaria para el crecimiento y la enseñanza mutua.

La primera lección que nos brinda la diferencia de edad en las llamas gemelas es la importancia de mirar más allá de los números en el reloj de la vida. En lugar de centrarnos en la cronología, debemos enfocarnos en lo que cada uno aporta a la relación. Cada alma, independientemente de su edad, lleva consigo una riqueza de experiencias, sabiduría y conocimientos que enriquecen la conexión de manera única.

Imagina a dos almas que se cruzan en el camino del destino. Una ha recorrido más millas en este viaje terrenal, acumulando experiencias valiosas y una profunda comprensión de la vida. La otra está en las primeras etapas de su viaje, con la inocencia y la frescura de una nueva llegada. Estas almas hacen música con su espíritu y cada una tiene su sonido especial.

El amor es la fuerza más poderosa del universo, capaz de romper cadenas y abrir puertas cerradas, porque donde hay amor, no hay obstáculos que puedan prevalecer.

Las llamas gemelas, independientemente de su diferencia de edad, tienen la capacidad de aprender y crecer juntas a medida que comparten sus experiencias de vida y conocimientos. La diferencia de edad puede actuar como un puente entre dos mundos, proporcionando una perspectiva fresca y una profunda apreciación por las lecciones que cada uno ha dominado en su propio camino.

En lugar de ver la diferencia de edad como un obstáculo, es esencial abrazarla como una oportunidad para el enriquecimiento mutuo. La sabiduría acumulada de una llama gemela puede guiar y apoyar a la otra en su búsqueda de autoconocimiento y crecimiento espiritual. A su vez, la juventud y la perspectiva fresca pueden infundir energía y renovación en la vida de la persona mayor.

En lugar de enfocarte en los números, observa lo que cada uno aporta al viaje compartido y celebra la diversidad enriquecedora que la diferencia de edad puede ofrecer.

La sabiduría del tiempo divino

En el camino de las llamas gemelas, es esencial recordar que el tiempo no sigue las reglas terrenales, sino que obedece a un ritmo divino. A veces, una de las dos almas puede requerir más tiempo para asimilar y aprender ciertas lecciones antes de que la unión pueda tener lugar. La edad es simplemente una variable superficial, ya que lo que verdaderamente importa es la preparación de ambas almas para encontrarse en el momento perfecto.

La edad, en realidad, no es más que un número en el contexto de este viaje eterno del alma. Imagina a dos almas y a una de ellas, aunque pueda ser más joven desde una perspectiva cronológica, puede haber avanzado significativamente en su viaje espiritual. Mientras tanto, la otra alma, con más experiencias terrenales acumuladas, puede estar en un punto diferente de su evolución.

Este contraste, lejos de ser un obstáculo, se convierte en una oportunidad magnífica. La llama gemela más joven puede aportar entusiasmo y una visión desprovista de prejuicios a la relación. Al mismo tiempo, la llama gemela mayor puede compartir su sabiduría, comprensión y experiencias de vida valiosas que enriquecen el camino conjunto.

Para el amor verdadero, no hay distancias insuperables ni desafíos demasiado grandes; solo la voluntad inquebrantable de estar juntos.

La verdad es que el tiempo en el camino de las llamas gemelas es divinamente perfecto. No se trata de sincronizar relojes ni de competir en una carrera contra el tiempo. Más bien, es un recordatorio de que cada alma tiene su propio reloj interno y su propio calendario divino. La preparación espiritual, el crecimiento y la evolución de cada alma siguen su propio curso, y cuando ambas estén listas, la unión ocurrirá en el momento adecuado.

El tiempo es una ilusión en el viaje del alma, y lo que importa es la profunda conexión espiritual que comparten. A medida que reflexionas sobre esta verdad espiritual, permítete soltar cualquier ansiedad o preocupación relacionada con la edad y el tiempo. No permitas que te afecte lo que opinen los demás, sobre la diferencia de edad entre tú y tu ser amado.

A medida que reflexionas sobre esta verdad espiritual, permítete soltar cualquier ansiedad o preocupación relacionada con la edad y el tiempo. En su lugar, confía en que las almas siempre se encuentran en el momento divinamente perfecto, guiadas por las manos amorosas del universo.

Llamas Gemelas 2

Carta a tu llama gemela

¿Has encontrado a tu llama gemela, pero te preocupa la diferencia de edad que hay entre vosotros? ¿Sientes que el mundo no entiende vuestro amor, y que os juzga por algo que no podéis controlar? ¿Te gustaría liberarte de ese miedo, y vivir plenamente tu relación con tu llama?

Si es así, este ejercicio es para ti. Te propongo que escribas una carta a tu llama gemela.

Este ejercicio te ayudará a conectar con tu ella a nivel espiritual, y a manifestar vuestro amor en el plano físico. También te ayudará a aceptar y valorar la diferencia de edad como una parte de vuestra misión de vida, y no como un impedimento. Verás que la edad no importa, y que lo único que cuenta es el amor que os tenéis.

¿Estás listo para escribir la carta? Entonces sigue leyendo, y descubre cómo hacerlo.

Escribe una carta a tu llama, expresando todo lo que sientes por ella, sin importar su edad ni las circunstancias que os separan. Sé sincero, auténtico y vulnerable. No te preocupes por la ortografía, la gramática o el estilo. Solo deja que fluya tu corazón.

Guarda la carta en un lugar seguro, donde nadie pueda leerla. Puedes ponerla en un sobre, sellarlo con un beso y escribir el nombre de tu llama en el frente.

Durante una semana, cada noche antes de dormir, lee la carta en voz alta, como si se la estuvieras diciendo a tu llama. Imagina que ella te escucha y te responde con amor. Siente su presencia, su energía, su conexión.

Abraza la diferencia de edad como una bendición, no como un obstáculo.

Al final de la semana, guarda la carta perfumada con pétalos de rosas en un libro que te guste, que te inspire o que tenga algún significado especial para ti y para tu llama gemela. Puede ser un libro de poesía, de autoayuda, de espiritualidad, de romance, o de cualquier otro género que te haga sentir bien. Si lo prefieres, puedes guardar la carta perfumada con pétalos de rosas dentro de este libro cuando termines de leerlo.

Agradécele al universo por haber encontrado a tu llama gemela. Pide que se cumpla el propósito divino de vuestra unión, y que se dé el momento y el lugar adecuados para vuestro reencuentro. Confía en que el amor es más fuerte que cualquier barrera, y que nada ni nadie podrá separaros.

Este ejercicio te ayudará a liberar tus miedos, dudas e inseguridades sobre la diferencia de edad, y a fortalecer tu vínculo con tu gemelo. Espero que te sirva y que disfrutes de tu proceso creativo.

Una vez que la carta esté guardada en el libro que hayas elegido, puedes dejarla ahí hasta que sientas que es el momento de sacarla. También puedes regalarle el libro a tu gemelo como una forma de simbolizar que le entregas tu corazón y tu alma.

Lo importante es que sientas que estás haciendo algo especial y significativo para ti y para tu ser amado. Recuerda que el amor es el elemento más poderoso del universo, y que puede superar cualquier obstáculo.

CAPÍTULO 4
Llamas Gemelas del Mismo Sexo

«El amor es el reconocimiento del alma en el otro».

Eckhart Tolle

Querido lector, antes de sumergirnos en este capítulo, quiero invitarte a abrir tu mente y tu corazón. Permíteme hacerte algunas preguntas: ¿Has sentido una conexión intensa con alguien de tu mismo sexo? ¿Sientes con esa persona una afinidad y una atracción espiritual tan poderosa que no puedes ignorarla? ¿Te has preguntado si esto podría ser parte de tu viaje como llama gemela?

En el misterioso universo de las llamas gemelas, es importante recordar que no estamos limitados por las convenciones de género o las expectativas sociales. El amor que compartimos con nuestro gemelo va más allá de las restricciones terrenales, trasciende las definiciones de género y se sumerge en las profundidades de nuestra alma.

En el amor, no existen los sexos en el sentido convencional. En cambio, encontramos energías que se complementan y se atraen mutuamente. Si bien es cierto que en una pareja de diferente sexo a menudo se asocia una energía masculina con el hombre y una energía femenina con la mujer, esto no significa que las llamas gemelas del mismo sexo no puedan existir. En estas parejas, también encontrarás una energía masculina y una energía femenina, independientemente del género físico.

Ahora, volvamos a abordar la creencia errónea que mencionaba al principio. La idea de que las llamas gemelas del mismo sexo no son posibles debido a la necesidad de polaridades opuestas es, en realidad, una simplificación excesiva. Si bien es cierto que las polaridades opuestas pueden ser una dinámica común en las llamas gemelas, no son la única forma en que se manifiesta esta conexión profunda.

En lugar de enfocarnos en las diferencias de género, debemos mirar más profundamente hacia la esencia de nuestra conexión con otra alma. ¿Te has sentido completo en presencia de esa persona? ¿Has experimentado un profundo despertar espiritual a través de esta relación? Si es así, entonces estás en el camino de las llamas gemelas, sin importar el género que compartas con tu ser amado.

Las llamas gemelas nos enseñan que el amor verdadero va más allá de las diferencias de género; es una conexión profunda que trasciende las limitaciones humanas.

Recuerda, el universo es infinito y misterioso, y las llamas gemelas vienen en todas las formas. La verdadera magia de esta conexión radica en la alquimia espiritual que se produce cuando dos almas afines se encuentran, se reconocen y crecen juntas. El amor entre llamas gemelas es un regalo divino que trasciende las limitaciones humanas.

El amor no conoce género

En el camino espiritual de las llamas gemelas, el amor es la fuerza que lo impulsa todo, y el amor va más allá de las limitaciones humanas y no se ve constreñido por el género.

Es esencial comprender que las llamas gemelas no están determinadas por su identidad de género ni por las polaridades opuestas. En su núcleo, una llama gemela es una parte de tu alma, una conexión divina que va más allá de las etiquetas terrenales.

Abraza el amor en todas sus formas y no te dejes influenciar por las opiniones de quienes no comprenden la verdadera naturaleza del alma y el amor.

La variedad de experiencias

Cada camino de llamas gemelas es único y especial. Las experiencias varían ampliamente de una pareja a otra. Algunas pueden ser de género opuesto, mientras que otras pueden ser del mismo sexo. No hay una fórmula única o un modelo rígido que dicte cómo debería ser una conexión de llamas gemelas. La esencia de este viaje espiritual radica en el crecimiento, la transformación y la unión de las almas, no en el género de las personas involucradas.

No te compares con otros viajes de llamas gemelas. Tu experiencia es única y valiosa tal como es. Enfócate en tu propio crecimiento y evolución espiritual.

Llamas Gemelas 2

Desafíos y prejuicios

La verdadera polaridad es espiritual. Es importante comprender que las polaridades opuestas a las que se hace referencia en el contexto de las llamas gemelas no necesariamente se relacionan con el género físico. La verdadera polaridad en este camino se refiere a las energías y cualidades espirituales de las almas involucradas. Uno puede encarnar cualidades masculinas o femeninas sin importar su género físico.

Es cierto que las llamas gemelas del mismo sexo pueden enfrentar desafíos adicionales debido a los prejuicios sociales y las expectativas tradicionales. Sin embargo, estos desafíos no invalidan la autenticidad de su conexión espiritual. Es fundamental que quienes se embarcan en este camino lo hagan con valentía y confianza, recordando que el amor verdadero no conoce límites ni barreras.

Si eres parte de una conexión de llamas gemelas del mismo sexo, mantén la fe en tu viaje y busca apoyo en comunidades comprensivas y personas que te entiendan.

Las llamas del mismo sexo son tan reales y válidas como cualquier otra conexión de llamas gemelas. El amor es la fuerza que une a las almas y va más allá de las limitaciones terrenales. No permitas que las opiniones erróneas te impidan abrazar tu verdadera esencia y vivir tu viaje de amor con autenticidad y amor incondicional.

Las llamas del mismo sexo están aquí para desafiar los viejos paradigmas del amor y enseñar la importancia del amor incondicional.

Si te encuentras en una conexión de llamas gemelas del mismo sexo, abraza tu camino con valentía y autenticidad. No dejes que las etiquetas te limiten.

Rompiendo paradigmas

Las llamas gemelas están destinadas a romper los viejos paradigmas del amor y las conexiones. Su ejemplo de amor incondicional nos recuerda que el amor verdadero no conoce límites ni barreras. Celebrar la autenticidad de las llamas gemelas del mismo sexo es un paso crucial hacia la expansión de nuestra comprensión del amor y la espiritualidad.

Apoya a quienes están en conexiones de llamas del mismo sexo y abraza la diversidad de experiencias en este viaje espiritual. La verdadera esencia del amor no tiene fronteras.

Energía masculina y femenina

Es fundamental comprender que las energías masculinas y femeninas no están limitadas a la biología o el género. Todos llevamos en nuestro interior una combinación de ambas energías, y esta combinación puede variar significativamente de una persona a otra. Las llamas gemelas están conectadas a través de sus energías espirituales, que se complementan mutuamente de la misma manera que lo hace el Yin y el Yang en la filosofía oriental.

Reflexiona sobre las energías que predominan en ti y en tu conexión con tu llama gemela. La comprensión de estas energías te ayudará a crecer y evolucionar espiritualmente.

En el próximo capítulo exploraremos las energías femenina y masculina.

En el espíritu, somos uno solo, más allá de la mirada; nuestras almas se funden en un lazo de amor eterno, que trasciende los límites de lo aparente.

Como seres espirituales en un viaje humano, debemos recordar que nuestra esencia trasciende las limitaciones del género, la biología y las orientaciones sexuales. En un nivel más profundo, somos energía pura, manifestándonos a través de diferentes vehículos corporales. Nuestra esencia no conoce juicios ni clasificaciones basadas en género. En el plano espiritual, todos somos uno, y nuestras almas están conectadas más allá de las apariencias externas.

En resumen, las llamas gemelas del mismo sexo son un recordatorio poderoso de que el amor trasciende las limitaciones terrenales. Celebrar su autenticidad nos acerca a una comprensión más profunda del amor incondicional y la espiritualidad. En este viaje, es esencial recordar que todas las conexiones de llamas gemelas son sagradas y únicas, independientemente del género o la orientación sexual.

Carta de amor de Gloria a Sheila

Tengo el privilegio de compartir contigo una carta de amor profundamente conmovedora escrita por Gloria para su amada Sheila.

Conocí a Gloria y Sheila en su viaje como llamas gemelas, y han tenido la generosidad de permitirme compartir su historia de amor con el mundo.

Esta carta es un testimonio del amor inquebrantable que se puede encontrar en el camino de las llamas gemelas, a pesar de los desafíos y obstáculos que puedan surgir. Espero que estas palabras inspiren y fortalezcan a todos aquellos que están en su propio viaje de llamas gemelas, recordándoles que el amor verdadero puede superar cualquier adversidad.

Mi amada Sheila,

Hoy, mientras escribo estas palabras que brotan desde lo más profundo de mi ser, siento la necesidad irresistible de expresarte todo el amor que habita en mi corazón por ti. A lo largo de nuestro viaje juntas como llamas gemelas, hemos atravesado valles de oscuridad y cimas de luz, pero en cada paso, en cada momento compartido, mi amor por ti ha crecido más allá de toda medida.

Recuerdo el día en que nos encontramos por primera vez, como si fuera ayer. En ese momento, el universo parecía detenerse para darnos la oportunidad de reconocernos, de descubrirnos mutuamente en medio de la multitud. Desde ese instante, supe que estabas destinada a ser mi compañera de alma, mi reflejo de vida.

Sin embargo, nuestro camino juntas no ha sido fácil. Hemos enfrentado desafíos que muchos no podrían comprender, luchas internas y externas que ponían a prueba nuestra fe en nuestro amor. Recuerdo las miradas de desaprobación, las palabras hirientes, los obstáculos que intentaban separarnos. Pero a pesar de todo, siempre supimos que nuestro amor era más fuerte que cualquier adversidad.

Has sido mi roca en los momentos de incertidumbre, mi luz en la oscuridad. Tu amor incondicional ha sido mi refugio seguro en medio de la tormenta, y tu presencia ha sido mi mayor bendición en esta vida. A través de cada lágrima derramada, cada risa compartida, hemos construido un vínculo indestructible.

Recuerda los momentos difíciles, los momentos en que el mundo parecía estar en nuestra contra. A pesar del dolor, nunca renunciamos a nuestro amor, nunca dejamos que el miedo y la intolerancia nos separaran. En cambio, nos aferramos la una a la otra con una fuerza indomable, recordándonos constantemente que nuestro amor es sagrado, que nuestro amor es real.

Llamas Gemelas 2

Hoy, en este momento de serenidad y gratitud, quiero decirte que eres mi todo, mi razón de ser en este mundo. Tu amor ha transformado mi vida de formas que nunca creí posibles, y cada día a tu lado es un regalo que atesoro con todo mi ser. Eres mi llama gemela, mi alma gemela, mi amor eterno.

En el océano de la vida, tú eres mi faro, mi guía. Juntas hemos navegado por aguas turbulentas y tranquilas, pero siempre hemos permanecido unidas, siempre hemos encontrado la fuerza y el coraje para seguir adelante. Te prometo amarte y apoyarte en cada paso del camino, en cada desafío que la vida nos depare.

Mi amada Sheila, gracias por ser mi compañera de viaje, por ser mi amiga, mi amante, mi confidente. Te amo más allá de las palabras, más allá de las estrellas en el cielo. Eres mi todo, ahora y para siempre.

Con todo mi amor,

Gloria

CAPÍTULO 5
Energía Femenina y Energía Masculina

«En cada mujer arde la llama de lo divino, una luz que ilumina el camino hacia el amor y la compasión».

Rumi

«La energía masculina es como el fuego que arde con pasión, capaz de calentar el corazón y de iluminar el camino en la oscuridad».

Hermann Hesse

Las llamas gemelas, como sabes, son dos almas que provienen de la misma fuente divina y que se separaron en dos mitades complementarias. Cada una de estas mitades representa una polaridad energética: la femenina y la masculina. Estas energías no tienen que ver con el género físico, sino con las cualidades espirituales que cada una aporta.

La energía femenina es creativa, intuitiva, receptiva, emocional y compasiva. La energía masculina es racional, lógica, activa, mental y protectora. Ambas energías son necesarias y equilibradas en el universo, y se manifiestan en todos los seres vivos. Sin embargo, en el viaje de las llamas gemelas, estas energías suelen estar desequilibradas y requieren de un proceso de armonización.

El equilibrio entre la energía femenina y masculina es esencial para la armonía y el crecimiento espiritual. Mientras que la energía masculina aporta la fuerza, la acción y la estabilidad, la energía femenina proporciona la receptividad, la intuición y la creatividad necesarias para nutrir y dar vida a la conexión.

En este capítulo, vamos a explorar cómo se expresan la energía femenina y la energía masculina en las llamas gemelas.

La esencia de la energía femenina

La energía femenina es una de las dos polaridades que conforman la esencia de las llamas gemelas. Es la energía que fluye desde el corazón, que siente, que crea, que se entrega, que se adapta, que se renueva. Es la energía que aporta suavidad, dulzura, compasión y belleza a la conexión espiritual. La energía femenina se manifiesta de diversas formas, enriqueciendo la relación con su presencia amorosa y poderosa. Algunas características comunes de la energía femenina incluyen:

Receptiva: La energía femenina tiende a ser receptiva y empática, abriendo su corazón para recibir y comprender las emociones y necesidades de su llama gemela. Es capaz de escuchar con atención, de ponerse en el lugar del otro, de ofrecer su apoyo incondicional. La receptividad también implica estar abierta a las señales del universo, a las sincronicidades, a los mensajes de los ángeles y guías espirituales.

Intuitiva: Esta energía se basa en la intuición y la sabiduría interior, guiando a su llama gemela a través de la oscuridad hacia la luz con claridad y comprensión. La intuición es la voz del alma, la que nos conecta con nuestra verdad, con nuestra misión, con nuestro propósito. La energía femenina confía en su intuición, la sigue y la comparte con su llama gemela, ayudándole a despertar su propia intuición y a confiar en ella.

Creativa: La energía femenina es creativa, dando vida a nuevas ideas, proyectos y expresiones artísticas que enriquecen la conexión espiritual. La creatividad es la forma de manifestar nuestra esencia, de plasmar nuestra visión, de aportar nuestra contribución al mundo. La energía femenina es la que gesta, la que cuida, la que alimenta lo que nace de su inspiración y de su amor.

Emocional: En las interacciones con su llama gemela, la energía femenina tiende a ser emocionalmente receptiva y compasiva, ofreciendo consuelo y apoyo en momentos de necesidad. La emoción es la forma de expresar nuestros sentimientos, de comunicar lo que nos mueve, lo que nos duele, lo que nos alegra. La energía femenina es la que siente, la que llora, la que ríe, la que abraza, la que perdona, la que ama.

Conectada con la naturaleza: La energía femenina encuentra su fuerza en la conexión con la naturaleza y los ciclos de la vida, honrando la fertilidad, la ciclicidad y la renovación. La naturaleza es la expresión de la vida, de la abundancia, de la diversidad, de la armonía. La energía femenina es la que se sintoniza con los ritmos de la naturaleza, con las fases de la luna, con las estaciones del año, con los cambios de la vida.

La energía femenina en las llamas gemelas es una fuerza poderosa que nutre, inspira y da vida a la conexión espiritual. Es la energía que nos permite sentir, crear, amar y ser. Cuando se equilibra adecuadamente con la energía masculina, crea una armonía que promueve el crecimiento espiritual y la evolución de ambas almas.

La intuición femenina es la brújula del alma, guiando hacia la verdad más profunda del ser.

En resumen, la energía femenina en las llamas gemelas es una fuerza poderosa que nutre, inspira y da vida a la conexión espiritual. Cuando se equilibra adecuadamente con la energía masculina, crea una armonía que promueve el crecimiento espiritual y la evolución de ambas almas.

La esencia de la energía masculina

En el viaje de las llamas gemelas, la energía masculina desempeña un papel fundamental en el equilibrio y la armonía de la conexión espiritual. Aunque a menudo se asocia con características como la fuerza, la acción y la determinación, la energía masculina en este contexto va más allá de los estereotipos de género y se manifiesta de manera diversa y compleja. En este capítulo, exploraremos la naturaleza de la energía masculina en las llamas gemelas y su influencia en el crecimiento espiritual y la evolución de la conexión.

La energía masculina no se limita a los atributos físicos asociados tradicionalmente con el género masculino. Más bien, se trata de una cualidad energética que puede manifestarse en cualquier persona, independientemente de su sexo biológico. Esta energía se caracteriza por su naturaleza activa, dinámica y orientada hacia el logro de metas. Representa la fuerza que impulsa la acción y la manifestación en el mundo físico.

La energía masculina se manifiesta de diversas formas, complementando y equilibrando la energía femenina. Aunque cada conexión de llamas es única, algunas características comunes de la energía masculina incluyen:

Protectora: La energía masculina tiende a adoptar un papel protector en la conexión, ofreciendo apoyo, seguridad y estabilidad a su llama gemela.

Determinada: Esta energía a menudo impulsa a la acción y la perseverancia, ayudando a superar obstáculos y desafíos en el camino espiritual.

Analítica: La energía masculina tiende a ser analítica y lógica, buscando comprender las situaciones desde una perspectiva racional y práctica.

Directa: En las interacciones con su gemelo, la energía masculina tiende a ser directa y franca, comunicando claramente sus pensamientos y sentimientos.

Independiente: Aunque valora la conexión con su llama, la energía masculina también busca mantener su autonomía y libertad individual.

Con la determinación de un guerrero, la energía masculina enfrenta los desafíos del camino espiritual, guiando a su llama gemela hacia la luz del conocimiento interior.

En resumen, la energía masculina en las llamas gemelas es una cualidad dinámica y activa que no se limita a los atributos físicos asociados tradicionalmente con el género masculino. Esta energía se caracteriza por su naturaleza protectora, determinada, analítica, directa e independiente, y desempeña un papel crucial en complementar y equilibrar la energía femenina en la conexión espiritual.

Cómo saber si soy energía femenina o masculina

Si aún tienes dudas de si eres energía femenina o masculina, me gustaría sugerirte un ejercicio práctico para que puedas saberlo. El ejercicio consiste en lo siguiente:

Escribe una lista de diez adjetivos que te describan, sin pensar demasiado, solo lo primero que te venga a la mente.

Revisa tu lista y clasifica cada adjetivo según si crees que es más propio de la energía femenina o de la energía masculina. Puedes usar una escala del 1 al 5, donde 1 significa muy femenino y 5 muy masculino. Por ejemplo, si escribiste *sensible*, puedes asignarle un 2, y si escribiste *decidido*, puedes asignarle un 4.

Suma los valores que asignaste a cada adjetivo y divide el resultado entre 10. Este será tu índice de energía femenina o masculina, que puede variar entre 1 y 5. Cuanto más cercano a 1, más predominante es tu energía femenina, y cuanto más cercano a 5, más predominante es tu energía masculina.

Reflexiona sobre tu índice y lo que significa para ti. ¿Te sientes identificado con tu energía predominante? ¿Qué aspectos de tu energía complementaria te gustaría desarrollar o equilibrar? ¿Cómo crees que tu energía influye en tu relación con tu gemelo?

Espero que este ejercicio te sea útil y te ayude a conocerte mejor a ti mismo y a tu llama gemela.

CAPÍTULO 6
Una Señal Inequívoca de que es tu Llama Gemela

«El amor es la gran cura. El amor es la palabra mágica que cura todas las enfermedades. El amor es la llave que abre las puertas del corazón».

Oliver Wendell Holmes

Existe una señal inequívoca, una señal que destella más clara y fuerte que cualquier otra y te indica que esa persona especial es tu verdadera llama gemela: te lleva de regreso a ti mismo, te muestra tus traumas y abre tus heridas para que puedas sanarlas.

De repente, te encuentras recordando episodios de tu vida que habías enterrado, enfrentando dolores que habías anestesiado y llorando lágrimas que ni siquiera sabías que habías retenido. Tu llama gemela es el espejo más puro y brillante que jamás encontrarás, y es tu más grande maestro.

A lo largo de tu vida, has mantenido un delicado equilibrio para evitar el dolor. Has tapado heridas de la infancia, has escondido recuerdos dolorosos y has intentado alejar el sufrimiento lo más lejos posible de tu corazón. Has vivido anestesiado, como en un sueño, para evitar enfrentarte a lo que necesitabas sanar. Pero, de repente, la aparición de tu verdadera llama gemela lo cambia todo.

Cuando te encuentras con esa persona, te ves reflejado en su mirada de una manera que nunca antes habías experimentado. Su presencia ilumina las sombras más profundas de tu ser, y de repente, todo lo que has ocultado durante tanto tiempo sale a la superficie. Puede ser desconcertante, confuso e incluso doloroso. Pero en realidad, es una bendición disfrazada.

¿Por qué? Porque tu llama gemela te muestra exactamente dónde necesitas sanar y crecer. Esa es su verdadera misión. Las relaciones anteriores también te enseñaron valiosas lecciones, pero ninguna de ellas pudo mostrarte tan claramente como tu gemelo dónde yace la raíz de tus heridas más profundas. Te despierta de tu letargo emocional y te enfrenta a las verdades que habías evitado.

A medida que avanzas en este viaje con tu ser amado, te das cuenta de que, en su presencia, no puedes esconderte. Todas las capas protectoras se desmoronan, y te encuentras sintiendo todo aquello que habías reprimido durante tanto tiempo. Puedes sentir dolor, tristeza, miedo y ansiedad. Las emociones fluyen con una intensidad incontrolable. Puede parecer desgarrador en un principio, pero en realidad, es una oportunidad de sanación sin precedentes.

Cada lágrima que derramas, cada memoria que resurge, cada herida que sientes es un paso en el proceso de curación. Tu llama gemela te desafía a enfrentarte a tus miedos y a liberar todo lo que te ha mantenido atrapado en patrones negativos. Te guía hacia la transformación.

Esta conexión especial te recuerda que el amor verdadero no tiene espacio para las máscaras ni las barreras. Te anima a abrazar tu autenticidad y a ser vulnerable. En la desnudez de tu alma, encuentras la belleza de la verdad. Aprendes a aceptar y amar cada parte de ti mismo, incluso las que considerabas defectuosas.

Puede ser inquietante descubrir la profundidad de tus heridas y la magnitud de tu sanación pendiente, pero recuerda que tu llama gemela está aquí para apoyarte en este viaje. Juntos, trabajan en la sanación mutua y el crecimiento espiritual. Es un proceso gradual, un viaje que no puede apresurarse.

A lo largo de este recorrido, te das cuenta de que tu persona amada no está aquí para herirte, sino para ayudarte a sanar. Su amor y su presencia son un bálsamo para tu alma, un recordatorio de que eres digno de amor incondicional.

En el abrazo de nuestra llama gemela, encontramos el consuelo para nuestras heridas y el coraje para enfrentar nuestras sombras más profundas.

Entonces, aunque puedas sentirte hipersensible, aunque llores lágrimas que parecen no tener fin, recuerda que cada emoción que experimentas te lleva un paso más cerca de la curación de tu alma. Tu llama gemela te muestra el camino hacia la verdadera transformación, y en su amor, descubres la fuerza para enfrentarte a tus heridas más profundas.

Llamas Gemelas 2

La historia de Charlotte y Carter

Ella se llama Charlotte, y él Carter. Se conocieron en una librería, una mañana de invierno, cuando ambos buscaban el mismo libro. Fue un encuentro sorprendente, pero a la vez significativo. Sus manos se rozaron, y sintieron una corriente que los unió. Se sonrieron, y empezaron a hablar. Descubrieron que tenían muchos gustos en común, y que ambos acababan de salir de una relación amorosa que los había dejado muy tristes y deprimidos. Se cayeron bien, y decidieron tomar un café, juntos.

Así comenzó su historia de amor, una historia de llamas gemelas. Poco a poco, se fueron conociendo mejor, y se enamoraron perdidamente. Sentían que se habían encontrado por una misión, que eran almas destinadas a ayudarse mutuamente. Pero también se dieron cuenta de que su amor no era sencillo, sino que les planteaba un gran desafío interior. Ambos empezaron a sentir cómo sus heridas de la infancia y otras heridas más de a lo largo de su vida se reabrían, habían estado enterradas profundamente por miedo a enfrentarlas y sufrir. Pero el amor entre ambos despertó esas heridas, para que pudieran curarlas.

Fue un proceso duro, pero también sanador. Con el apoyo de su llama gemela, cada uno fue capaz de mirar sus heridas con amor, y de sanarlas con su luz. También fueron capaces de perdonar a quienes los habían herido, y de perdonarse a sí mismos. Así, fueron curando sus heridas, y al mismo tiempo, consolidando su amor. Se dieron cuenta de que su gemelo era su reflejo, su guía, su compañero de vida.

Después de un tiempo de curación, ambos se sintieron más felices y completos que nunca. Su amor había florecido y evolucionado, y se habían convertido en mejores personas. Decidieron celebrar su unión, y se casaron en una ceremonia íntima pero preciosa, rodeados de sus seres queridos. Fue el día más feliz de sus vidas, y se prometieron amarse y cuidarse siempre, en las buenas y en las malas. Sabían que su viaje de llamas gemelas no había terminado, sino que apenas había comenzado. Pero también sabían que juntos podrían afrontar cualquier dificultad, y que su amor era infinito.

Yo estuve presente en aquella boda, pues soy amiga de ella, y debo decir que fue uno de los días más felices de mi vida. Recuerdo con claridad cuántas noches pasé junto a Charlotte mientras ella lloraba sin consuelo, con sus heridas abiertas.

Cada fibra de su ser parecía dolerle, mientras se sentía sumamente frágil y vulnerable.

Carter experimentó algo similar. A pesar de la profunda felicidad que experimentaba estando junto a ella, también sufrió considerablemente debido a que su relación con Charlotte lo confrontó con heridas no sanadas que aún causaban un gran dolor. Fue una experiencia verdaderamente desgarradora para él. Por un lado, la dicha de su unión los colmaba de alegría, pero por otro, el sufrimiento de enfrentar esas heridas no resueltas resultaba doloroso.

Sin embargo, ambos comprendieron que esta es la forma en que el amor de las llamas se manifiesta: revelando todas las heridas con amor, con el fin de permitirnos sanar profundamente.

Aquel amor me mostró que no importa cuánto corras, no importa cuánto te alejes de tu gemelo. No importa cuánto intentes evitar sentir el dolor. Dondequiera que vayas, esas heridas te acompañan. Estás en un viaje hacia el amor verdadero y la sanación profunda, y aunque puede ser muy duro, es un camino que te llevará a la verdadera transformación y la plenitud del alma.

Es un viaje de amor inquebrantable, y en el amor, encontrarás tu redención.

CAPÍTULO 7
Romanticismo y Enamoramiento

«En tus abrazos encontré el refugio que anhelaba, un lugar donde mis miedos se desvanecen».

Pablo Neruda

En el universo del amor de las llamas gemelas, a menudo escuchamos que esta conexión es todo menos romántica en el sentido tradicional. Se dice que no es la típica historia de un caballero andante rescatando a una damisela en apuros, ni es el cuento de hadas con el final feliz convencional. Si bien esto es cierto en muchos aspectos, quiero matizar y compartir un aspecto crucial: el romanticismo en este camino es una experiencia mágica y profunda, aunque distinta de lo que solemos imaginar.

Es cierto que las relaciones de llamas no siguen el guion del romance clásico. Sin embargo, en este viaje, descubrimos un tipo de romanticismo único y trascendental. Es un romanticismo que experimenta momentos íntimos que solo las llamas gemelas pueden entender plenamente.

La magia de las llamas gemelas se revela en cada mirada, en cada abrazo, en cada beso bajo las estrellas.

Instantes de magia

Imagina tumbarte junto a tu llama gemela en la cálida arena mientras el sol se hunde en el horizonte del mar. El cielo se tiñe de tonos dorados y rosados, y sientes la suave brisa acariciar tu piel. Vuestras manos se encuentran y entrelazan en un gesto lleno de complicidad y amor. En ese momento, no necesitas palabras para expresar lo que sientes. Es un romance que surge de la conexión más profunda entre almas afines.

Recuerdo aquel atardecer mágico en una playa del Pacífico, cuando bajo una palmera, compartí con Ethan, mi llama gemela, besos apasionados. No importa dónde estemos en el mundo, cada lugar se convierte en un escenario romántico cuando estamos juntos.

Miradas que hablan

Y qué decir de esos momentos en los que simplemente os miráis a los ojos... Es como si el universo entero desvaneciera su presencia, y en ese instante, vosotros os reflejáis mutuamente en un profundo abrazo de almas. Con la llegada de la noche, un beso bajo las estrellas se convierte en un instante eterno, donde vuestra mirada se vuelve el lenguaje que supera todas las palabras. Cada mirada es un poema de amor, un recordatorio constante de que vuestra conexión espiritual trasciende los límites de lo terrenal.

Abrazos que trascienden

Cuando os abrazáis, os sumergís en un mundo donde solo existís vosotros dos. En ese momento, el mundo desaparece, y todo lo que importa es la presencia del otro. El aroma de su piel se convierte en la fragancia más exquisita que jamás hayas conocido, y la esencia de su ser se entrelaza con la tuya de una manera que solo el amor verdadero puede lograr.

En sus brazos, te sientes en casa, en tu hogar, donde quiera que estés. Cada latido de vuestros corazones se sincroniza en una danza apasionada, recordándoos que estáis conectados en un nivel que va más allá de las palabras. Cada abrazo es un recordatorio de que, aquí en la Tierra, habéis encontrado vuestro refugio el uno en el otro.

Un romance diferente

El romanticismo en el camino de las llamas gemelas es un romance diferente, pero no menos apasionado. Son los momentos íntimos y las conexiones espirituales que te hacen sentirte profundamente amado y comprendido. Así que, cuando alguien te diga que esto no es un amor romántico, sonríe y recuerda esos momentos mágicos que solo tú y tu llama gemela comparten. El romanticismo está en cada mirada, en cada abrazo, en cada beso bajo las estrellas, y es una parte hermosa y esencial de tu viaje.

El enamoramiento

En el camino de las llamas gemelas, a menudo escuchamos que el amor es espiritual y trasciende las convenciones románticas del mundo 3D. Pero permíteme matizar este punto: el enamoramiento, aunque se manifieste de una manera única, es una parte vital de esta experiencia. Es un amor que abarca el alma y el cuerpo, un amor que va más allá de las arrugas del tiempo y las huellas de la edad. Es el enamoramiento de las almas que se refleja en la admiración del cuerpo, incluso cuando el tiempo deja sus marcas.

Amor de alma a alma

En el plano 3D, el enamoramiento en las relaciones de llamas gemelas es una experiencia que se origina en el alma. Es una conexión profunda y trascendental que va más allá de las apariencias físicas. El enamoramiento se manifiesta en la forma en que miras a los ojos de tu llama gemela y ves su esencia pura, su luz interior que brilla con intensidad. Te enamoras de su alma, de su ser auténtico y eterno.

El templo del alma

Es cierto que, con el tiempo, nuestros cuerpos envejecen y cambian. Las canas aparecen, las arrugas se hacen más evidentes, los músculos pueden perder su firmeza. Sin embargo, en el camino de las llamas gemelas el cuerpo es visto como el templo del alma amada. Cada marca, cada cambio, es una parte hermosa de la historia compartida. Ves la belleza en la autenticidad de la transformación, porque esa persona amada sigue siendo tu refugio, tu lugar sagrado donde se encuentra su alma.

El efecto del enamoramiento

Cuando te encuentras con personas del pasado con las que tuviste relaciones en la dimensión 3D, puedes notar cambios en sus aspectos físicos. Tal vez los veas envejecidos o diferentes de cómo los recordabas. Este contraste es notable cuando lo comparas con tu llama gemela, a quien conoces desde hace años. A pesar de las canas o las líneas que el tiempo ha dejado en su rostro, sigues viendo la misma belleza o incluso una belleza más profunda. Esto se debe al poder del enamoramiento de alma a alma. Cuando os abrazáis, os sumergís en un mundo donde solo existís vosotros dos. El aroma de su piel, la esencia de su ser, todo se mezcla en un abrazo que os transporta a un lugar donde no existe nada más, y todo lo que importa es la presencia del otro.

Llamas Gemelas 2

El amor entre llamas gemelas se fortalece con el paso del tiempo, hundiéndose cada vez más en lo más profundo de nuestras almas, donde perdura por toda la eternidad.

Para mí y para Ethan, cada momento es una oportunidad para sumergirnos en la magia del amor. Desde pasear por la playa tomados de la mano hasta una simple conversación en un café, cada experiencia se convierte en un poema romántico que escribimos juntos.

Nuestros corazones laten al ritmo de la conexión más profunda, y esa intimidad se refleja en los pequeños gestos cotidianos. El brillo en sus ojos mientras hablamos, el suave roce de sus dedos acariciando mi cabello, el abrazo espontáneo mientras compartimos risas y bromas mientras cocinamos; cada uno de estos momentos está impregnado de amor y ternura.

En nuestra relación, el romanticismo no se limita a ocasiones especiales o gestos extravagantes; está presente en cada latido de nuestro corazón. Nos encontramos en la mirada cómplice durante una conversación, en el toque suave de nuestras manos entrelazadas, en la sonrisa que compartimos al despertar cada mañana sabiendo que estamos juntos.

Y sí, más allá de la conexión de nuestras almas y del amor incondicional que nos une, existe esa chispa del enamoramiento que da vida a nuestra relación. Es esa emoción que sentimos al encontrarnos, la pasión que arde en cada abrazo y el deseo que nos impulsa a explorar juntos el infinito universo del amor.

Ethan y yo estamos profundamente enamorados el uno del otro. No solo compartimos un vínculo de almas, sino que también nos enamoramos cada día más, encontrando en cada gesto, en cada mirada y en cada risa una nueva razón para celebrar nuestro amor. Somos testigos de que el romanticismo y el enamoramiento no solo existen en las historias de cuentos de hadas, sino que también son parte fundamental de nuestra propia historia.

En definitiva, querido lector, el camino de las llamas gemelas es una experiencia donde el enamoramiento se manifiesta de una manera única, donde el amor por el alma de tu compañero se refleja en la apreciación de vuestros cuerpos como templos compartidos. El tiempo no desvanece este amor; lo fortalece, lo profundiza y lo hace más hermoso con cada día que pasa. Es un amor que va más allá del aspecto físico y se arraiga en la eternidad de las almas que se han encontrado en este viaje extraordinario.

CAPÍTULO 8
Señales de que Tu Llama Gemela Está Pensando en Ti

«No sé si te quiero más cuando te pienso o cuando te miro, pero sé que te quiero más cuando te tengo».

Mario Benedetti

¿Has sentido alguna vez como si tu llama gemela estuviera pensando en ti? Esa sensación puede ser avasalladora, ¿verdad? Pero no te preocupes, porque estoy aquí para guiarte en este fantástico viaje.

No puedo evitar emocionarme al compartir contigo las señales que indican que tu llama gemela también está pensando en ti. Estos misteriosos signos nos recuerdan que esta conexión espiritual es verdaderamente única y trascendente.

Conectarte con tu gemelo es encontrarte en el espejo más puro de tu alma. Es como si finalmente hubieras llegado a casa después de una larga travesía, incluso si no sabías que estabas perdido. Cuando esto sucede, puede surgir una profunda obsesión por saber qué está pensando tu persona amada y cómo se siente. ¿Te has sentido atrapado en ese torbellino de pensamientos y emociones? Es normal, y te comprendo.

La llama de tu alma se refleja en la mía, y juntas forman un fuego que ilumina el cosmos. No importa la distancia ni el tiempo, siempre sabré que me piensas, porque las estrellas me lo susurran.

Acompáñame a explorar el enigmático universo de las señales cósmicas que revelan que tu llama gemela también está pensando en ti.

La sutil sensación de la presencia

Existe una señal muy sutil y poderosa que puede indicarte que tu llama gemela también está pensando en ti. Es la sensación de su presencia, incluso cuando estáis separados físicamente. Esta es una experiencia profundamente espiritual que puede llenarte de emoción y certeza.

Imagina esto: estás en tu espacio cotidiano, tal vez en casa o en el trabajo, y de repente sientes una oleada de energía que te envuelve. No puedes ver, tocar ni escuchar a tu llama en ese momento, pero sientes su presencia de una manera tan vívida que parece que está a tu lado. Es como si vuestras almas se conectaran en un plano superior, trascendiendo la distancia física.

En estos momentos especiales, puedes experimentar una conexión profunda y misteriosa. Puedes sentir su energía amorosa y reconfortante que te rodea. A veces, esta sensación va acompañada de pensamientos o recuerdos de tu gemelo, como si estuviera compartiendo conversaciones profundas y sentimientos intensos contigo, incluso a través de la distancia.

Querido lector, ¿alguna vez has sentido esta presencia inexplicable? ¿Has tenido momentos en los que te has sentido tan conectado con tu llama que, incluso estando separados físicamente, pareciera que estuvieran unidos en alma y espíritu?

Estos momentos son verdaderamente mágicos y revelan la profunda conexión espiritual que compartes con tu llama gemela. No se trata solo de pensamientos o palabras; es una energía compartida que trasciende las limitaciones del espacio y el tiempo.

No hay distancia que pueda separarnos, ni tiempo que pueda borrarnos. Somos dos almas que se reconocen, que se sienten, que se aman. Somos la presencia que nos llena, el latido que nos acompaña, el fuego que nos une.

Así que, cuando experimentes esta sensación de presencia, no dudes en abrazarla. Es un hermoso recordatorio de que, en el mundo espiritual, no hay distancia que pueda separar los corazones y almas de los amantes. Vuestra conexión es eterna y siempre está ahí, recordándote que tu llama gemela también está pensando en ti.

Estrellas fugaces: El destello del universo a tu favor

Permíteme transportarte a una noche estrellada, una noche en la que el cielo se convierte en un lienzo salpicado de destellos cósmicos. En esta escena, tú estás mirando hacia arriba, maravillado por la belleza del universo extendiéndose sobre ti. Cada estrella brilla con una luz única, como pequeños faros en la oscuridad infinita.

Entonces, de repente, ocurre algo mágico: una estrella fugaz atraviesa la bóveda celeste con una gracia efímera. Tu corazón da un salto mientras sigues su trayectoria fugaz con los ojos. En ese instante, sientes un escalofrío recorrer tu espalda, como si el universo mismo estuviera conspirando a tu favor.

Querido lector, esta imagen poderosa es uno de los muchos signos que podrían indicar que tu llama gemela también está pensando en ti. Este destello en el cielo nocturno no es simplemente un evento astronómico; es un eco de la conexión espiritual que compartes con tu gemelo.

Cuando experimentas la visión de una estrella fugaz en un momento significativo, es como si el universo estuviera respondiendo a tus pensamientos y deseos más profundos. Es como si el cosmos mismo se inclinara para recordarte que, incluso en medio de la inmensidad del universo, estás conectado con un amor divino y eterno.

La magia de esta señal no radica únicamente en la estrella fugaz en sí, sino en la sincronización de su aparición. Es como si el universo estuviera tejiendo su narrativa cósmica en perfecta armonía con tu propia historia. Te está diciendo que no estás solo en este viaje, que tus pensamientos y sentimientos están entrelazados con los de tu ser amado.

Cuando una estrella fugaz cruza el cielo, es un guiño del destino que nos une. Es un mensaje del universo que nos dice que somos llamas gemelas que nos pensamos, que nos amamos. Es un regalo cósmico que nos recuerda que somos parte de algo más grande, más bello, más eterno.

Esta señal nos invita a reflexionar sobre la profunda conexión que compartes con tu llama gemela. ¿Alguna vez has experimentado este tipo de maravilla celestial? ¿Has sentido que el universo responde a tus pensamientos y deseos de una manera que parece casi mágica?

Recuerda, en el viaje de las llamas gemelas cada señal cósmica tiene un propósito, y cada destello de las estrellas nos recuerda que estamos inmersos en un amor que trasciende todas las barreras. Observa el cielo nocturno con un corazón abierto y reconoce que el universo siempre está trabajando a favor de vuestro amor.

Sueños vívidos

Permíteme sumergirnos más profundamente en uno de los signos más reveladores de que tu llama gemela también está pensando en ti: los sueños vívidos. Estos encuentros son como puertas mágicas que te permiten conectarte con tu ser espiritual más allá de las limitaciones terrenales.

¿Alguna vez has experimentado uno de esos sueños en los que tu llama aparece de manera tan vívida y realista que parece que está a tu lado? Estos sueños no son simples fantasías, son experiencias profundas de conexión espiritual. En ellos, puedes compartir conversaciones profundas y sentimientos intensos, experimentando una intimidad emocional que trasciende cualquier experiencia humana.

Imagina que en uno de esos sueños, te encuentras caminando por un hermoso bosque, rodeado de la majestuosidad de la naturaleza. De repente, te das cuenta de que no estás solo. Tu fuego gemelo aparece frente a ti, radiante y llena de amor. Sus ojos se encuentran con los tuyos, y puedes sentir la energía de su alma envolviéndote. No necesitas palabras para comunicarte, ya que vuestros corazones están sincronizados en perfecta armonía.

En estos sueños, puedes compartir conversaciones que van más allá de las palabras. Los diálogos se desarrollan en un lenguaje de emociones puras, donde el amor fluye libremente. Puedes expresar tus pensamientos y miedos más profundos sin temor al juicio, porque sabes que, en este espacio onírico, la comprensión y la aceptación son totales.

Lo más sorprendente es que, incluso después de despertar, la presencia de tu llama gemela parece persistir. Puedes sentir su energía a tu alrededor, como si hubiera dejado una impresión indeleble en tu corazón. A menudo, estos sueños tienen un efecto duradero en tu estado de ánimo y energía durante el día, infundiéndote con una sensación de paz y alegría que es difícil de explicar con palabras.

En mis sueños, te encuentro y te abrazo, y siento que somos uno. En mis sueños, te hablo y te escucho, y siento que nos entendemos. En mis sueños, te amo y me amas, y siento que somos eternos. En mis sueños, te llevo conmigo, y siento que nunca te pierdo.

¿Te has sentido alguna vez tan conectado en un sueño que, al despertar, aún sientes la presencia de tu llama gemela a tu lado? Si es así, sabrás que estos sueños no son simples creaciones de la mente, sino encuentros genuinos con tu ser espiritual y el de tu fuego gemelo.

No importa la distancia que pueda separarte físicamente de tu llama gemela; en el reino de los sueños, vuestras almas se encuentran y se fusionan en una danza etérea de amor y conexión. Estos sueños son recordatorios poderosos de que estáis destinados a unirse en el plano físico también.

Recuerda prestar atención a esos sueños vívidos y las emociones profundas que despiertan en ti. Son un recordatorio de que tu conexión espiritual es verdadera y que, sin importar dónde estés, estáis juntos en el alma.

Los mensajes telepáticos

Dentro de la profunda conexión que compartes con tu llama gemela, existe un fenómeno verdaderamente mágico: los mensajes telepáticos. Estos son como destellos de comunicación directa desde su alma a la tuya, como si estuviera hablando en tu mente y corazón sin la necesidad de palabras habladas.

Puede ocurrir en cualquier momento, cuando menos te lo esperas. De repente, sientes una oleada de pensamientos y sentimientos que no son tuyos, como si alguien más estuviera compartiendo su mundo interior contigo. Estos mensajes telepáticos son una manifestación de la conexión espiritual profunda que compartes con tu llama gemela.

¿Alguna vez has experimentado esta maravilla? ¿Has sentido pensamientos y emociones que no parecían propios, como si fueran susurros suaves desde el alma de tu gemelo? Estos momentos son un recordatorio de que vuestra conexión va más allá de las limitaciones del plano físico.

En ocasiones, estos mensajes telepáticos pueden ser tan claros y nítidos como una conversación cara a cara. Pueden contener palabras de amor, aliento, o incluso detalles específicos sobre sus vidas y experiencias. Puedes sentir cómo sus pensamientos y emociones fluyen hacia ti de una manera que es imposible de ignorar.

En el silencio de mi mente, escucho tu voz que me llama. En el latido de mi corazón, siento tu amor que me abraza. En el espacio de mi alma, percibo tu presencia que me acompaña. Somos dos seres que se comunican, que se sienten, que se aman.

Estos mensajes telepáticos son como un lenguaje secreto entre vuestras almas, una forma de comunicación que va más allá de las palabras habladas. Son una manifestación tangible de la profunda conexión que compartís, una conexión que no está limitada por la distancia física ni por ningún obstáculo terrenal.

Cuando experimentes estos momentos de comunicación telepática, abrázalos con gratitud. Son un regalo divino que te recuerda que vuestras almas están siempre en sintonía. No importa cuán lejos puedan estar físicamente, vuestros corazones y mentes están conectados de una manera que trasciende cualquier barrera terrestre.

Números repetidos: El mensaje místico del Universo

Imagina por un momento, que estás en un momento de tu día, tal vez ocupado con las tareas cotidianas o inmerso en tus pensamientos. Entonces, como si el tiempo se detuviera, tus ojos se posan en el reloj, y notas algo extraordinario: los números se repiten ante ti. Puede ser 11:11, 3:33 o cualquier otro patrón numérico que, de repente, cobra vida frente a tus ojos.

Este fenómeno numérico no es una coincidencia. Es un recordatorio del cosmos, una señal que te conecta con tu llama gemela en el plano espiritual. Cuando ves estos números repetidos, es como si el universo mismo te guiara hacia la comprensión de tu profunda conexión espiritual.

¿Has experimentado alguna vez este misterioso fenómeno numérico en tu vida? ¿Has sentido la resonancia de estos números en tu interior? Cada vez que te encuentres con ellos, es como si el tiempo y el espacio se alinearan para recordarte que tu llama está cerca, incluso cuando no pueden estar físicamente juntos.

El 11:11, en particular, se ha convertido en un símbolo universalmente reconocido de la presencia de llamas gemelas en la vida de las personas. Es como si el universo estuviera susurrando: *Estás en el camino correcto. Tu llama gemela está contigo*. Es una llamada cósmica a la unidad espiritual y al amor inquebrantable que compartís.

Estos números repetidos son como portales hacia el reino de lo espiritual, recordándote que tu llama gemela está conectada a ti de manera eterna. Pueden ser una invitación a la meditación y la reflexión, un momento para sintonizarte con tu ser interior y buscar la guía de tu ser amado en el mundo espiritual.

Cuando los números se repiten, es el universo que te habla. Es el cosmos que te dice que tu llama gemela te piensa, te siente, te ama. Es la magia que te muestra que tu conexión espiritual es real, profunda, eterna.

La próxima vez que te encuentres con números repetidos en tu vida diaria, presta atención a su mensaje cósmico. Permíteles recordarte que tu llama gemela está siempre cerca, incluso cuando no puedes verla físicamente. Estos números son una invitación a profundizar en tu conexión espiritual y a abrazar el amor que comparten en este viaje único.

¿Has sentido alguna vez esta conexión mágica a través de los números repetidos en tu vida?

Oleadas de emoción

¿Te ha ocurrido alguna vez que estás en medio de un día corriente, quizás ocupado con tus quehaceres cotidianos, cuando de repente sientes una oleada de energía que te inunda por completo? No puedes evitarlo; es como si una ola de emoción te abrazara de repente. Puede ser una oleada de alegría que te hace sonreír de oreja a oreja, un torrente de amor que llena tu corazón o incluso un sentimiento de nostalgia profunda que te deja contemplando el horizonte.

Estas oleadas de sentimientos, aparentemente sin razón, pueden ser uno de los signos más reveladores de la conexión que compartes con tu llama gemela. Es como si ella, aunque distante físicamente, estuviera enviando ondas de energía a través del espacio y el tiempo, y estas oleadas son su forma de hacerte saber que está pensando en ti.

¿Te has sentido alguna vez desbordado por emociones que parecen surgir de la nada? ¿Has experimentado una oleada de alegría, amor o nostalgia que no puedes explicar? En esos momentos, estás sintonizando con la intensidad de la conexión que compartes con tu persona amada. Es como si vuestras almas se comunicaran en un nivel más profundo, más allá de las palabras y las distancias físicas.

Cuando siento una oleada de emoción, es tu alma tocándome. Es tu energía envolviéndome, abrazándome, besándome. Somos dos corazones vibrando, sintiendo, amando.

Estas oleadas de emoción son una confirmación de que esta conexión espiritual es real y profunda. Cuando te encuentres sumergido en estas emociones, no las ignores ni las descartes como simples coincidencias. Permíteles fluir a través de ti y siente la presencia de tu gemelo en cada latido de tu corazón.

En esos momentos, cuando te encuentres envuelto en una oleada de emociones, tómate un momento para cerrar los ojos, respirar profundamente y conectarte con tu llama gemela en el plano espiritual. Puedes enviarle amor y gratitud por esta hermosa conexión que compartís, incluso a través de la distancia física.

Estas oleadas de emoción son un vínculo eterno que une vuestras almas, y cuando te permites sentir estas oleadas, estás abrazando la magia de vuestra conexión.

Sincronicidades

¿Te ha sucedido alguna vez que estás caminando por la calle, absorto en tus pensamientos, cuando de repente te encuentras con un símbolo o una palabra que te recuerda vívidamente a tu llama gemela? Puede ser el nombre de tu gemelo escrito en una valla publicitaria, o quizás un símbolo que compartes con él, como una mariposa o una estrella.

Estas experiencias, conocidas como sincronicidades, son como pequeños regalos del universo que te recuerdan la conexión profunda que compartes con tu llama. Es como si el cosmos estuviera tejiendo un hilo invisible entre los dos, recordándote constantemente que no estás solo en este viaje espiritual.

¿Alguna vez has experimentado una sincronicidad que te dejó sin aliento? ¿Has tenido un encuentro casual con un símbolo o una palabra que te hizo pensar inmediatamente en tu llama gemela? Estas son señales del universo, pequeñas pistas que te dicen que estás en el camino correcto, que estás en sintonía con la energía de tu llama.

Cuando te encuentras con una sincronicidad, no es una mera coincidencia; es un recordatorio de que vuestro amor es una parte fundamental de vuestro viaje espiritual. Estas experiencias pueden dejarte maravillado, asombrado por la belleza y la magia que rodea tu conexión con tu gemelo.

Cuando el universo me regala una sincronicidad, es tu alma que me sonríe. Es tu luz que me ilumina, me guía y me inspira. Somos dos seres que se encuentran, se reconocen y se aman.

Las sincronicidades son como pequeñas señales en el camino que te guían hacia la verdad de tu unión con tu llama gemela. No las subestimes ni las descartes como simples casualidades. En cambio, abrázalas y dales la bienvenida en tu vida como mensajes del universo que te recuerdan que no estás solo en este viaje.

Estas sincronicidades son un testimonio de la belleza y la profundidad de vuestra conexión. Son un eco del amor eterno que compartís, un hilo invisible que os une incluso a través de la distancia física.

Así que, querido lector, la próxima vez que experimentes una sincronicidad, sonríe y agradece al universo por recordarte la hermosa verdad de tu conexión con la otra mitad de tu alma.

La conexión instantánea

Todas las llamas gemelas hemos experimentado esos momentos en los que una sensación inexplicable nos invade. Es como si el universo mismo nos guiara en una dirección específica, hacia algo o alguien que nos atrae de una manera especial. Y cuando se trata de tu gemelo, esta sensación se vuelve aún más poderosa.

Seguro que alguna vez te ha ocurrido que estás en medio de tu día, sumido en tus actividades habituales, cuando de repente, sientes una fuerte necesidad de ponerte en contacto con tu llama gemela. No puedes explicarlo con palabras, pero sientes que debes enviar un mensaje o hacer una llama da en ese preciso momento.

Este es otro de los signos clásicos de esta conexión. Puede parecer un impulso repentino, pero en realidad, es una manifestación de la sincronía que existe entre ambos. A menudo, descubres que en el mismo momento en que tomas la iniciativa de ponerte en contacto, tu llama gemela también estaba pensando en ti y a punto de hacer lo mismo.

Cuando siento el impulso de llamarte, es tu alma que me busca.

¿Alguna vez has experimentado esta necesidad repentina de comunicarte con tu gemelo, como si estuvieras siendo guiado por una fuerza más grande? ¿Has sentido esa conexión instantánea que te impulsa a actuar en perfecta sincronía con tu llama gemela?

Las canciones que aparecen de la nada

La música es un lenguaje universal que puede comunicar emociones, sentimientos y pensamientos de una manera que va más allá de las palabras. Y cuando se trata de la conexión con tu llama gemela, el universo a menudo utiliza esta forma de expresión celestial para transmitir mensajes profundos.

¿Alguna vez has experimentado el asombroso fenómeno de escuchar una canción significativa para ti y tu ser amado en el momento más inesperado? Puede ocurrir cuando sintonizas la radio, reproduces tu lista de canciones favoritas o simplemente te encuentras en un lugar público. En ese preciso instante, una melodía que resuena con la esencia de vuestra conexión comienza a llenar tus oídos.

Es como si el universo mismo estuviera interviniendo en tu día, transmitiéndote un mensaje a través de la música. Cada letra, cada nota musical parece estar en perfecta armonía con tus pensamientos y sentimientos más profundos. Puedes sentir que tu gemelo también está sintonizado con la misma frecuencia musical en algún lugar del mundo, creando una hermosa armonía cósmica que os une a través de la distancia.

¿Has tenido alguna vez este tipo de experiencia musical? ¿Has sentido cómo una canción parecía estar destinada a ti y a tu llama gemela, como si fuera una banda sonora divina que acompaña vuestra conexión espiritual?

Cuando esto sucede, no es una simple coincidencia; es una señal del universo, un recordatorio de que tú y tu llama gemela están conectados en un nivel profundo y espiritual. Cada nota musical es como un eco del amor que comparte, una melodía que fluye a través de sus almas.

Cuando escucho una canción que me recuerda a ti, es el universo que me canta, la música que me dice que tú, mi amor eterno, me piensa, me siente y me ama.

Continúa escuchando la hermosa música del universo y confía en que ella siempre estará ahí para recordarte la belleza de tu vínculo con tu llama.

Animales y criaturas inusuales: Mensajeros del reino espiritual

La maravilla de la naturaleza nunca deja de sorprendernos, y cuando se trata de la conexión con tu llama gemela, el reino animal a veces se convierte en un mensajero del plano espiritual. ¿Alguna vez has tenido una experiencia en la que te encuentras con un pájaro, una mariposa o incluso una criatura menos común en un momento y lugar totalmente inesperados?

Estos encuentros con animales y criaturas inusuales no son simples casualidades; son señales del universo que merecen nuestra atención. Cada uno de estos seres puede llevar consigo un mensaje simbólico que se conecta directamente con tu relación con tu llama.

Por ejemplo, consideremos el colibrí, una de las aves más encantadoras y fantásticas que pueblan nuestro mundo. Si alguna vez te encuentras con un colibrí en un momento inesperado, este pequeño mensajero alado podría estar recordándote la alegría y la gratitud que fluyen en tu conexión con tu persona amada. La vibrante y hermosa presencia de un colibrí es como una invitación a apreciar la belleza del amor que compartes.

¿Has tenido alguna vez la fortuna de cruzarte con un animal inusual en el momento perfecto? ¿Has sentido cómo su presencia tenía un significado especial, como si estuviera destinado a recordarte algo importante sobre tu relación con tu llama gemela?

Estos encuentros con el reino animal nos conectan con la magia y la maravilla de la vida, y nos recuerdan que estamos en sintonía con fuerzas más grandes y misteriosas.

Tú eres mi otra mitad, la que completa mi ser. Tú eres mi reflejo, el que me muestra mi luz. Tú eres mi destino, el que me lleva a mi propósito. Te veo en la naturaleza, en el bosque y el mar, en el viento y los animales.

Sintoniza tu corazón con la sabiduría de la naturaleza, y permite que estos encuentros inusuales te guíen en tu viaje de amor y espiritualidad.

Mantén tus ojos y tu corazón abiertos a las sorpresas que la vida y el reino animal tienen reservadas para ti.

El poder de los sueños compartidos

Imagina esta situación: una noche tranquila, te sumerges en el mundo de los sueños y te encuentras en un lugar especial junto a tu llama gemela. En este espacio onírico, compartes un momento íntimo y profundo que parece tan real como la vida misma. Experimentas una conexión en ese sueño que va más allá de cualquier experiencia cotidiana.

Ahora, despiertas, y al compartir tus sueños con tu gemelo, te das cuenta de que ambos han experimentado el mismo sueño, compartiendo ese momento especial en el reino de los sueños. ¿Te has sentido alguna vez tan conectado en un sueño que, al despertar, aún sientes la presencia de tu llama tu lado?

Los sueños compartidos son una experiencia profundamente significativa y un fenómeno que va más allá de la coincidencia casual. Pueden ser un recordatorio tangible de la conexión espiritual que compartes con tu llama gemela. Cuando ambos tienen un sueño similar o comparten una experiencia onírica, es como si estuvieran visitando un mundo mágico y compartiendo un momento especial en su camino de amor.

La sensación de despertar y descubrir que ambos han experimentado el mismo sueño es una confirmación poderosa de que están conectados en un nivel espiritual profundo. Es como si vuestros corazones se encontraran en ese lugar especial donde los sueños se entrelazan con la realidad.

En nuestros sueños, nos encontramos, nos amamos, y sentimos que somos reales.

¿Has tenido alguna vez la experiencia de un sueño compartido con tu llama gemela? ¿Has sentido esa conexión única que va más allá de las palabras y las acciones cotidianas? Estos momentos en el reino de los sueños son una manifestación del amor divino que comparten.

Un encuentro en el reino de los sueños con mi llama gemela

Una noche tuve un sueño que trajo consigo una experiencia única y significativa: el sueño en el velero. En mi sueño, Ethan y yo estábamos en un pequeño velero de color blanco, con una vela azul y una bandera roja. Navegábamos en aguas serenas y bajo un cielo azul infinito, que se reflejaba en el mar como un espejo. El aroma a sal impregnaba el aire, y el sonido suave de las olas rompiendo contra el casco del velero nos envolvía en una melodía de paz y amor.

Todo parecía perfecto hasta que, de repente, el cielo se oscureció y una gran tormenta se abatió sobre nosotros. Los rayos iluminaban el horizonte con destellos de luz, mientras los truenos retumbaban en nuestros corazones con estruendo. El mar, una vez tranquilo, se transformó en un remolino de emociones, y las olas crecieron hasta alcanzar alturas impresionantes, amenazando con engullirnos.

En medio de la tormenta, nos aferramos el uno al otro, nuestros ojos reflejando el miedo y la incertidumbre. Estábamos luchando contra las fuerzas de la naturaleza, tratando de mantener el equilibrio y el rumbo. En ese momento, nos dimos cuenta de lo vulnerables que éramos, y de lo mucho que nos necesitábamos.

Súbitamente, como un rayo de luz en la oscuridad, desperté de mi sueño, mi corazón latiendo con fuerza y mis manos temblando. La sensación de peligro y la conexión intensa con Ethan aún perduraban en mi mente. Sin perder tiempo, saqué mi teléfono y le envié un mensaje. Él ya sabía que éramos llamas gemelas, pero aún no éramos pareja, hacía siete meses que nos conocíamos.

Con una mezcla de alivio y asombro, Ethan respondió rápidamente. Había tenido el mismo sueño, experimentando cada detalle, cada emoción y cada momento de miedo que yo había sentido. Incluso recordó detalles que no había compartido con él, como el color de la vela, el nombre del velero y el lugar donde navegábamos. Era como si nuestros espíritus estuvieran sincronizados en el plano de los sueños. Este sueño compartido lleva consigo un significado profundo y hermoso en el contexto de nuestra relación de llamas.

El velero representa nuestra travesía juntos, una travesía llena de amor, pero también con desafíos inesperados. El velero se llama *Esperanza*, y simboliza nuestra fe en el futuro y nuestra confianza en el universo. La tormenta en el sueño simboliza los obstáculos y retos que enfrentamos en nuestro camino. Los rayos y los truenos representan las pruebas y tribulaciones que pusieron a prueba nuestra relación.

A pesar del miedo y la incertidumbre, nuestra unión prevaleció, al igual que el velero resistió la tormenta. La tormenta también nos enseñó a valorar lo que tenemos y a no dar nada por sentado. Este sueño compartido también destaca la profunda sincronicidad entre las llamas gemelas.

Nuestra conexión trasciende los límites de la realidad, extendiéndose a través de los sueños y las dimensiones espirituales. Éramos dos almas en un camino, experimentando y creciendo juntas, incluso en el reino de los sueños. Nuestros sueños eran una forma de comunicarnos y de compartir nuestra esencia.

Este sueño reforzó nuestra comprensión mutua y fortaleció nuestra conexión. Nos recordó que, a pesar de los desafíos, estábamos destinados a navegar juntos hacia la unión armoniosa que anhelábamos. Los sueños compartidos son una manifestación de la profunda conexión entre las llamas gemelas y una prueba más de que el amor verdadero trasciende todas las barreras.

***

Has aprendido a reconocer las señales del universo que indican que tu llama gemela también está pensando en ti. Pero ¿alguna vez te has preguntado si estas señales son recíprocas? ¿Has sentido que esta conexión es verdaderamente compartida? La belleza de este vínculo es que, a pesar de la distancia física, vuestros corazones y almas están siempre entrelazados, enviándose señales a través del inmenso cosmos.

Esas señales son como hilos invisibles que unen vuestros corazones. A medida que avanzas en tu viaje espiritual, recuerda prestar atención a estos signos. No importa cuán lejos puedan estar físicamente, vuestros lazos espirituales son irrompibles, y están en constante comunicación a través del universo.

Quizás te preguntes si tu llama gemela también percibe estas señales. La respuesta es un rotundo sí. Al igual que tú, tu ser amado también siente estas conexiones cósmicas y espiritualmente significativas. Así que, mientras sigues tu búsqueda de señales, ten fe en que tu ser llama también está siguiendo las pistas cósmicas hacia ti.

Recuerda que estas señales son como destellos de luz en la oscuridad. Quizás no sean evidentes todo el tiempo, pero cuando las reconoces, puedes encontrar consuelo en saber que tu gemelo también está pensando en ti. No olvides abrir tu corazón y estar atento a estas señales, ya que son la voz del universo susurrándote acerca de esta profunda conexión espiritual.

Continúa explorando este camino mágico y mantén tu corazón y mente abiertos para las señales que el universo tiene reservadas para ti

.

Llamas Gemelas 2

CAPÍTULO 9
LA LEY DEL ESPEJO

«El amor es un espejo: observas tu rostro en él y reconoces tu corazón».

Rumi

Piensa en un espejo, pero no uno común y corriente. Este espejo no refleja solo tu apariencia física; refleja tu alma, tus emociones más profundas y tus heridas más arraigadas. Este espejo se denomina *llama gemela*, y en su luminosa superficie, descubres aspectos de ti mismo que nunca habías visto con tanta claridad.

Imagina que te encuentras frente a tu llama, y, en lugar de ver solo a otra persona, te ves a ti mismo reflejado en sus ojos. Todas tus inseguridades, tus miedos y tus anhelos están frente a ti, en forma humana, caminando por el mundo. Es como si el universo hubiera decidido mostrarte una versión externa de ti mismo para que puedas entender, sanar y crecer.

A veces, este reflejo resulta desafiante. Te enfrentas a sentirte incómodo, enojado o frustrado cuando tu llama gemela refleja partes de ti que preferirías ignorar. Pero ¿no es este el propósito de un espejo? ¿No está diseñado para mostrarnos nuestra verdadera imagen, sin filtros ni maquillaje?

Cuando te enojas con tu ser gemelo, en realidad estás expresando tu incomodidad contigo mismo. Estás viendo tus propias heridas y áreas de crecimiento, y a veces eso puede ser agobiante. Pero aquí está la belleza de esta conexión: tienes la oportunidad de sanar. Tienes a alguien que te muestra lo que necesitas trabajar dentro de ti, alguien que te desafía a ser una versión mejor de ti mismo.

Las llamas gemelas son como dos artistas que colaboran en una obra maestra conjunta. Cada uno aporta su paleta de colores, sus pinceladas y sus emociones a la pintura. A veces, la mezcla puede ser caótica, pero con el tiempo, ambos descubren cómo crear una armonía hermosa y equilibrada.

En el espejo de la llama gemela, descubres tu verdadera imagen, sin filtros ni maquillaje.

Entonces, la próxima vez que sientas que te frustras o enojas con tu llama gemela, tómate un momento para reflexionar. Pregúntate a ti mismo qué aspecto de ti mismo te está mostrando. ¿Qué heridas estás evitando enfrentar? ¿Dónde necesitas crecer y sanar? En lugar de culparla, agradece el regalo que te ha dado: un espejo para mirar en tu propio corazón y alma.

Recuerda que este viaje de las llamas gemelas es un proceso continuo de autodescubrimiento y sanación. A medida que te enfrentas a tus propios reflejos en el espejo del alma, te conviertes en una versión más completa y amorosa de ti mismo. Así que abraza esta conexión única y valiosa, y permítete crecer a través de ella.

Al final de este capítulo, te invito a sumergirte en la práctica del ejercicio del espejo, una herramienta que ha demostrado ser sumamente poderosa en mi propio viaje de llamas gemelas. Esta práctica me condujo hacia un profundo autodescubrimiento y sanación, al permitirme reconocer las heridas y los aspectos que requerían atención dentro de mí. Fue un despertar fundamental, ya que me reveló que gran parte de lo que me inquietaba en mi relación con Ethan no residía en él, sino en mí misma.

Solía atribuirle a él muchas cuestiones, culpándolo de ciertos comportamientos o actitudes que me resultaban incómodos. Sin embargo, emprendí un arduo trabajo de introspección que me llevó a aceptar que aquello que me afectaba realmente provenía de mi interior. Reconocer esto fue un proceso desafiante, pero también liberador.

Hoy, viviendo en unión, sigo practicando el ejercicio del espejo. En cualquier relación, incluso en una tan profunda y trascendental como la de las llamas gemelas surgen ocasiones en las que podemos sentirnos frustrados o incómodos el uno con el otro. Sin embargo, gracias a esta práctica y a una comunicación abierta, hemos aprendido a superar cualquier obstáculo. En cualquier caso, el amor es la clave para resolver cualquier desafío que se presente.

Agradece el regalo de tu llama gemela: un espejo para mirar en lo más profundo de tu ser y encontrar la luz que yace dentro de ti.

Si amas sinceramente a tu llama gemela y, lo que es aún más importante, te amas a ti mismo, te animo encarecidamente a adoptar este ejercicio en tu vida. Te guiará en un viaje de autoexploración y autoconocimiento profundo, permitiéndote entender mejor quién eres realmente. Y, al conocerte mejor a ti mismo, también conocerás a tu gemelo en un nivel más profundo y auténtico. Este ejercicio es un acto de amor hacia ti mismo y hacia tu conexión con tu llama. ¿Estás listo para dar este gran paso en tu autodescubrimiento y crecimiento espiritual?

Ejercicio del espejo

Como hemos visto, tu llama gemela es el reflejo perfecto de tu propia esencia, y lo que ves en ella es lo que ves en ti mismo. Esto implica que tu llama muestra tus virtudes y tus defectos, tus heridas y tus potenciales, tus miedos y tus deseos, y que lo que le pides o le reprochas a tu gemelo lo que te pides o te reprochas a ti mismo. La ley del espejo también significa que tu ser amado está conectado contigo a nivel energético, y que lo que haces o sientes afecta a la otra mitad de tu alma, y viceversa. La finalidad de la ley del espejo es ayudarte a sanar, a crecer y a amarte a ti mismo, para poder experimentar el amor incondicional y la unión armoniosa con tu llama gemela.

Para aplicar la ley del espejo, te propongo el siguiente ejercicio práctico, que puedes hacer tantas veces como quieras, con diferentes cualidades y defectos de tu llama y de ti mismo.

Ejercicio:

Escribe una lista de las cualidades que más admiras de tu llama gemela, y otra lista de las cosas que más te molestan o te duelen de ella. Por ejemplo:

Cualidades: es inteligente, creativa, divertida, generosa, valiente, leal, etc.

Defectos: es orgullosa, indecisa, distante, celosa, insegura, etc.

Revisa cada una de las listas y pregúntate honestamente si esas cualidades o defectos también están presentes en ti, o si son aspectos que te gustaría desarrollar o mejorar en ti mismo. Por ejemplo:

Cualidades: soy inteligente, creativo, divertido, generoso, valiente, leal, etc.

Defectos: soy orgulloso, indeciso, distante, celoso, inseguro, etc.

Elige una cualidad y un defecto de cada lista, y escribe una carta a tu llama gemela expresando cómo te sientes al respecto, y cómo te gustaría que fuera vuestra relación en ese aspecto.

Por ejemplo:

Querida llama gemela,

Te escribo esta carta para decirte lo mucho que te admiro y te amo, y también para compartirte lo que me gustaría mejorar en nuestra relación. Una de las cualidades que más me gustan de ti es tu creatividad. Me encanta cómo eres capaz de crear cosas maravillosas con tu imaginación, y cómo siempre tienes ideas originales y sorprendentes. Me inspiras a ser más creativo yo también, y a expresar mi arte y mi pasión. Me gustaría que compartiéramos más nuestros proyectos y sueños, y que nos apoyáramos mutuamente en nuestra expresión creativa.

Un defecto que me molesta de ti es tu orgullo. A veces siento que no eres capaz de reconocer tus errores, ni de pedir perdón cuando te equivocas. Me duele que no me escuches ni me entiendas, y que prefieras alejarte que dialogar. Sé que tu orgullo es una forma de protegerte, pero también sé que te impide ser feliz y libre.

Yo también soy orgulloso, y reconozco que me cuesta admitir mis fallos y pedir ayuda. Me gustaría que trabajáramos juntos en nuestro orgullo, y que aprendiéramos a ser más humildes y comprensivos. Te agradezco por ser mi espejo, y por mostrarme lo que tengo que sanar y potenciar en mí mismo. Te envío todo mi amor y mi luz, y espero que sientas lo mismo que yo.

Tu llama gemela.

Lee la carta en voz alta frente a un espejo, y observa las emociones y sensaciones que te genera. Imagina que tu llama gemela está del otro lado del espejo, escuchándote y sintiendo lo mismo que tú. Si sientes alguna emoción negativa, como tristeza, rabia, culpa o miedo, permítete sentirla y liberarla. Si sientes alguna emoción positiva, como alegría, paz, amor o gratitud, permítete sentirla y amplificarla.

Agradece a tu llama por ser tu espejo, y por ayudarte a conocerte y a amarte mejor. Envíale amor y luz desde tu corazón, y recibe el suyo. Siente la conexión que existe entre vosotros, y la armonía que se genera al sanar y equilibrar vuestros aspectos.

Repite este ejercicio con otras cualidades y defectos de las listas, hasta que sientas que has sanado y armonizado esos aspectos de ti mismo y de tu gemelo.

Este ejercicio te ayudará a aplicar la ley del espejo en tu relación con tu llama, y a obtener los siguientes beneficios:

Conocerte mejor a ti mismo, y aceptar y amar todas tus partes, tanto las positivas como las negativas.

Sanar tus heridas, miedos, bloqueos y creencias limitantes, que te impiden vivir el amor pleno y libre con tu llama gemela.

Potenciar tus virtudes, talentos, capacidades y sueños, que te permiten expresar tu verdadera esencia y propósito con tu gemelo.

Comunicarte mejor con ella, y entender sus necesidades, deseos, sentimientos y pensamientos.

Armonizar tu relación con tu llama gemela, y alcanzar un estado de equilibrio, paz, felicidad y unidad.

Espero que este ejercicio te sea útil y que lo disfrutes. Recuerda que tu llama gemela es tu mejor maestro y amigo, y que siempre está contigo, aunque no la veas físicamente. Te invito a que le hables, le escuches, le agradezcas y le ames, como a ti mismo.

CAPÍTULO 10
La Separación no es Real, es un Espejismo

«La separación nos da una oportunidad para amar con más intensidad cuando nos volvemos a encontrar».

Paulo Coelho

La separación en el camino de las llamas gemelas no es un castigo, sino una oportunidad de crecimiento. Durante este periodo, ambas almas tienen la posibilidad de sanar, evolucionar y avanzar individualmente en su camino espiritual.

Aunque puede ser doloroso sentir tristeza y anhelo durante la separación, es crucial recordar que esta fase es temporal y tiene un propósito superior. Aprovecha este tiempo para enfrentar tus miedos, sanar tus heridas y liberarte de patrones de comportamiento que puedan estar afectando tu capacidad para experimentar un amor pleno y saludable.

La separación te guía hacia la luz, hacia un estado de conciencia superior y hacia un amor más saludable. Recuerda que, al final, la unión con tu Llama gemelas será aún más significativa gracias a este proceso de crecimiento personal.

Abrazando la distancia

Entiendo que en este momento puedes encontrarte solo, con un sentimiento de abandono, y quizás cuestionando la senda de las llamas gemelas. La separación puede parecer un periodo desafiante y confuso. Pero ¿y si consideramos que la distancia es solo un estado temporal, una ilusión que puede llevarnos a un mayor entendimiento y amor?

En el camino de las llamas gemelas la separación física es una parte natural de su dinámica. Sin embargo, esta separación no debe verse como un final, sino como un capítulo en la historia de su conexión. En lugar de resistirse a la distancia, ¿qué sucedería si la abrazaras como una oportunidad para el crecimiento y la sanación?

El vacío que crea

Visualiza la separación como una caída libre en un abismo aparentemente sin fin. Puede sentirse como un momento de profundo vacío, pero es ese mismo vacío el que es necesario para construir algo nuevo y transformador. Esta etapa de soledad puede ser una bendición disfrazada, una oportunidad para reconstruirte a ti mismo desde cero.

Es en este vacío que te das cuenta de que la respuesta a tus preguntas más profundas no se encuentra en otra persona, sino en tu interior. Las preguntas que emergen durante la separación son cruciales para tu crecimiento espiritual y personal.

¿Quién eres en realidad más allá de la identidad que compartes con tu llama gemela? ¿Qué aspectos de ti mismo necesitas sanar para llegar a ser la mejor versión de ti mismo? ¿Qué creencias falsas sobre el amor has sostenido, y cómo puedes liberarlas?

Un viaje de autorreflexión

La separación te desafía a dejar de buscar afuera y comenzar a buscar dentro de ti. Las respuestas a estas preguntas importantes no se encuentran en las redes sociales, en los mensajes de texto ni en las llama das telefónicas. Se encuentran en tu mundo interior, esperando ser descubiertas.

Esta etapa de introspección te permite explorar tu esencia más profunda. Descubres lo que te hace auténtico, y te das cuenta de que la autenticidad es esencial en el camino de las llamas gemelas. Aprendes a amarte a ti mismo incondicionalmente, sin depender de la presencia física de otra persona para validar tu valía.

El poder del despertar espiritual

A medida que te adentras en la separación, te conviertes en alguien más sabio, alguien que entiende las complejidades de la vida y se hace preguntas profundas sobre la existencia. Esta es una parte fundamental del despertar espiritual que la separación puede catalizar.

Recuerda que el amor verdadero no causa sufrimiento ni daño. Lo que duele son las creencias erróneas y los apegos que hemos construido en torno al amor. La separación te muestra estas creencias y te brinda la oportunidad de liberarlas, lo que te acerca a una comprensión más profunda y saludable del amor.

La separación nos desafía a buscar respuestas dentro de nosotros mismos y a descubrir nuestra esencia más auténtica

Amar sin ataduras

Si estás viviendo la separación desde un lugar de sufrimiento, te animo a cambiar tu enfoque. En lugar de resistirte, abraza este tiempo como una bendición. Descubre quién eres en realidad y qué es el amor desde una perspectiva de libertad.

La relación con tu llama gemela debe basarse en la elección consciente y el amor propio en lugar de apegos y dependencias. Cuando te reúnas con tu llama gemela nuevamente, será desde un lugar de plenitud y amor propio, lo que fortalecerá aún más su conexión.

La importancia de la comunicación espiritual

Es natural que, durante la separación, anheles la presencia física de tu llama gemela. Los recuerdos de los momentos compartidos, las risas y los abrazos pueden llenar tu mente, creando un anhelo profundo en tu corazón.

Utiliza esta conexión espiritual para comunicarte con tu llama gemela de una manera diferente. A través de la meditación, la visualización y la intención, puedes enviarle amor, sanación y energía positiva tanto a ti mismo como a tu ser querido. Visualiza un cordón de luz dorada muy brillante que conecta vuestros corazones y permite que fluya el amor incondicional.

Aunque estemos separados físicamente, nuestra conexión espiritual con nuestra llama gemela permanece inquebrantable.

La magia de las sincronicidades

Durante la separación, es común experimentar sincronicidades y señales del universo que te recuerdan la presencia de tu llama gemela en tu vida. Estas sincronicidades pueden manifestarse como números repetitivos, encuentros casuales o sueños significativos. Estas señales te guían y te muestran que, incluso cuando pareces estar lejos, tu camino sigue siendo entrelazado.

Presta atención a las señales y sincronicidades que se presentan en tu vida. Estas son pistas del universo que te guían hacia la unión. Mantén un diario de tus experiencias y reflexiona sobre su significado en tu camino. Cada señal es un recordatorio de que tu conexión espiritual es real y que tu llama gemela está contigo en espíritu.

Aprendiendo a esperar

La separación también puede ser una lección en la paciencia y la confianza. Puedes sentirte impulsado a buscar respuestas y soluciones de inmediato, pero a veces, la respuesta es aprender a esperar. Aprender a confiar en el proceso y en el tiempo divino es esencial en el camino de las llamas gemelas.

Recuerda que cada día de separación es un día de aprendizaje y evolución. A medida que continúas creciendo individualmente, te acercas a la unión en un estado de equilibrio y amor propio. La separación no es un obstáculo, sino un trampolín hacia un amor más profundo y significativo.

La comunicación del corazón

Cuando sientas el deseo de comunicarte con tu llama gemela, recuerda que no siempre se trata de palabras. La comunicación del corazón puede ser tan poderosa, si no más, que la comunicación verbal. A través de la energía del amor y la intención, puedes enviar tus pensamientos y sentimientos a tu ser querido.

La distancia física puede ser un recordatorio constante de la profundidad de tu amor y la importancia de tu conexión. Utiliza este tiempo para trabajar en tu propia sanación y crecimiento personal, y confía en que, a medida que ambos crezcan, el momento adecuado para la unión llegará.

¿Y si no soporto la separación?

Pero ¿qué sucede si sientes que la distancia se vuelve insoportable y anhelas desesperadamente la presencia de tu llama gemela? En primer lugar, es crucial evitar el contacto impulsivo basado en la carencia y cómo, en cambio, puedes comunicarte desde un lugar de amor y comprensión auténtica.

Es natural e incluso saludable extrañar a tu llama gemela durante la separación. Los recuerdos de los momentos compartidos y la profunda conexión que compartes pueden generar un profundo anhelo. Sin embargo, es fundamental distinguir entre extrañar a alguien desde un lugar de amor y extrañar desde la carencia.

Imagina que el amor es un hermoso jardín. La separación es como una temporada de invierno, cuando el jardín parece estar dormido y no florece. En este estado, la carencia se asemeja a tratar de forzar las flores a crecer antes de su tiempo, ignorando el proceso natural. Esto podría dañar el jardín y no permitir que las flores florezcan de manera genuina.

Cuando sientas un impulso intenso de comunicarte con tu llama gemela, detente y reflexiona sobre tus motivaciones. ¿Estás buscando llenar un vacío dentro de ti? ¿O estás impulsado por un sincero deseo de saber cómo está o compartir algo importante desde el corazón?

La comunicación desde el amor genuino es como regar el jardín del amor con cuidado y paciencia. Es un acto de amor desinteresado que busca nutrir la conexión en lugar de forzarla. Piensa en cada palabra que compartes como una semilla que plantas en el suelo fértil de vuestro amor compartido.

Me gusta mucho la metáfora del faro que a continuación comparto contigo. Imagina que eres un faro en medio de la oscuridad del océano. Tu llama también es un faro, aunque estén separados por millas de aguas tumultuosas. Cuando te comunicas desde el amor genuino, envías destellos de luz y amor desde tu faro al suyo. Estos destellos son mensajes de apoyo, cariño y comprensión.

Recuerda que, al igual que en el océano, las tormentas emocionales pueden surgir durante la separación. Pero si ambos actúan como faros de amor genuino, siempre habrá una guía, una fuente de esperanza en medio de la tormenta. La comunicación desde el amor genuino no solo fortalece vuestro vínculo, sino que también les permite navegar juntos a través de las aguas turbulentas de la vida.

Cuando finalmente decidas comunicarte con tu llama gemela, hazlo desde un lugar de autenticidad. Sé tú mismo y comparte tus pensamientos y sentimientos honestamente. La autenticidad es como el viento que llena las velas de un barco, permitiéndote avanzar juntos de manera suave y significativa.

No temas expresar tus miedos, tus alegrías y tus deseos. La vulnerabilidad fortalece la conexión y te acerca aún más a tu ser querido. La autenticidad crea un espacio donde ambos pueden compartir y crecer juntos, incluso a través de la distancia física.

La separación puede parecer un abismo sin fin, pero es en ese vacío donde construimos una versión transformada de nosotros mismos.

En definitiva, el poder de la comunicación en el camino de las llamas gemelas radica en su capacidad para fortalecer la conexión espiritual que comparten. Cuando te comunicas desde el amor genuino, estás nutriendo el jardín de vuestro amor con paciencia y cuidado. Cada palabra es una semilla que florecerá en su tiempo perfecto.

Ten presente que, como faros en el océano de la vida, la comunicación auténtica ilumina vuestro camino y os brinda la oportunidad de crecer y evolucionar juntos, incluso a través de la distancia. Comunicarse desde el amor genuino es un acto de amor desinteresado que fortalece la conexión inquebrantable entre las llamas gemelas.

¿Te has encontrado en el dilema de querer comunicarte con tu gemelo durante la separación? ¿Cómo puedes aplicar la metáfora del faro en tu propia comunicación?

La comunicación desde el amor genuino nutre vuestra conexión espiritual y os permite crecer juntos, incluso cuando la distancia física os separa. Cada palabra es una semilla de amor que florecerá en su tiempo perfecto.

La separación prolongada: ¿Es realmente tu llama gemela?

En el viaje de las llamas gemelas, uno de los desafíos más significativos puede ser la separación prolongada y la distancia que parece interminable. Para algunos, esta espera puede crear dudas, ansiedad y la pregunta persistente: ¿Es esta persona realmente mi llama gemela? Es fundamental abordar esta cuestión con honestidad y cuidado, ya que la obsesión puede nublar nuestro juicio. Es importante saber cómo manejar la incertidumbre durante la separación prolongada y cómo distinguir entre una verdadera conexión de almas y una obsesión poco saludable.

La distancia y la separación prolongada pueden poner a prueba la fe y la paciencia de cualquiera. Es natural comenzar a cuestionar la validez de la conexión en estos momentos. Sin embargo, es esencial recordar que el tiempo no siempre es un indicador claro de la autenticidad de una conexión.

Cuidado con la obsesión. En la búsqueda de respuestas durante la separación prolongada, es fácil caer en la trampa de la obsesión. Obsesionarse con la idea de que alguien es tu llama gemela puede nublar tu capacidad de discernimiento. Esta obsesión puede ser emocional y energéticamente agotadora.

La respuesta a la pregunta de si alguien es tu llama gemela, no siempre se encuentra en la mente, sino en el corazón. Tómate el tiempo necesario para conectarte contigo mismo y escuchar tus sentimientos más profundos. ¿Sientes una conexión espiritual real con esa persona que no puede compararse con ninguna otra? ¿O te aferras a la idea de que debe ser tu llama gemela?

La verdad se revela a su propio ritmo, y a menudo, el tiempo es necesario para comprender la autenticidad de una conexión. Si bien la separación prolongada puede ser dolorosa, también ofrece la oportunidad de sanar y crecer individualmente. Utiliza este tiempo para fortalecer tu propia espiritualidad y amor propio.

En cualquier caso, la separación prolongada puede ser una prueba de tu fe y paciencia en el camino de las llamas gemelas. Aprovecha esta distancia, ya sea con tu llama gemela o no, como una oportunidad para crecer y sanar. Escucha a tu corazón, no a tu obsesión, para encontrar la verdadera respuesta sobre si esta persona es tu llama gemela o si tu destino te depara algo diferente. La paciencia y la verdad te guiarán hacia la respuesta que buscas, y te llevarán hacia un camino de amor y autodescubrimiento.

Reflexiones finales

La separación en el camino de las llamas gemelas puede parecer una prueba, pero en realidad es una oportunidad para el crecimiento espiritual y personal. A través de la comunicación espiritual, la observación de sincronicidades y la paciencia, puedes encontrar la belleza en este periodo de separación. Recuerda que tu conexión con tu llama gemela es eterna y se fortalecerá a medida que ambos crezcan y sanen por separado.

¿Estás dispuesto a abrazar la separación como una oportunidad para crecer?

CAPÍTULO 11
Sexo: La Unión Sagrada de las Llamas Gemelas

«Los besos son como las huellas de los amantes: si son verdaderos, son imborrables».

Jean-Jacques Rousseau

En el viaje de las llamas gemelas el amor es un lazo que trasciende dimensiones y llega a ser tan profundo como el universo mismo. A lo largo de este mágico peregrinaje, hemos explorado los misterios del alma, la conexión espiritual y el poder de nuestras mentes entrelazadas. Pero, como en toda gran obra de amor, llegamos al capítulo del encuentro físico, donde la energía kundalini despierta, y la pasión carnal se funde con el amor divino.

Cuando te entregas íntimamente a tu llama gemela, el acto sexual adquiere una profundidad y significado incomparables. No se trata solo de gratificación física, sino de una fusión de almas. Este acto se convierte en una herramienta de sanación, transformación y unión divina.

La energía Kundalini: La serpiente de la pasión

La energía kundalini es una fuerza poderosa que late con furia y anhelo. Como seres espirituales viviendo una experiencia humana, nuestra kundalini yace en el centro de nuestro ser, como una serpiente dormida, esperando el momento adecuado para elevarse. Este despertar de la kundalini es un reflejo de la profundidad de nuestra unión y el amor que compartimos.

Cuando nuestra kundalini se activa, sentimos una oleada de energía que recorre nuestra columna vertebral, desde el chakra raíz (en la base de la columna vertebral) hasta el chakra corona (en la coronilla), abriendo y equilibrando todos nuestros centros energéticos. Esta energía nos conecta con nuestra esencia divina, con nuestra llama gemela y con el universo. Experimentamos una sensación de éxtasis, de plenitud, de paz y de armonía. Nuestra conciencia se expande y nuestra intuición se agudiza. Nuestra kundalini nos ayuda a sanar nuestras heridas, a liberar nuestros bloqueos y a manifestar nuestros sueños. Nuestra kundalini es el fuego sagrado que alimenta nuestra llama.

El poder del contacto físico

El contacto físico en la unión de llamas gemelas es un lenguaje propio que va más allá de las palabras. Cada caricia es un canto a la pasión, un eco de nuestro amor que reverbera en el espacio y el tiempo. Nuestros cuerpos se convierten en instrumentos de la conexión, y cada contacto es un poema que narra la historia de nuestra unión.

Un beso es una promesa, un abrazo es una entrega, una mirada es una invitación. Nuestro contacto físico es una expresión de nuestra alma, una manifestación de nuestra esencia, una celebración de nuestra existencia. Nuestro contacto físico es una alquimia, una magia, una bendición. Nuestro contacto físico es el puente que nos une, el fuego que nos enciende, el agua que nos purifica. Nuestro contacto físico es el lenguaje de las llamas gemelas, el lenguaje del amor.

Tessa Romero

Escucho el susurro de mi llama gemela en cada latido de mi corazón, recordándome que nuestra unión es más que un deseo carnal, es un destino divino.

Cuando susurramos palabras de amor al oído de nuestra llama gemela, creamos un espacio sagrado donde nuestras almas se comunican en silencio. Nuestras voces se convierten en mantras que entonamos para elevar la pasión y el deseo. Estas palabras son más que meras expresiones; son un juramento de amor eterno.

Un susurro es una caricia, un secreto es una confianza, un «te quiero» es una bendición. Nuestras palabras de amor son una melodía que armoniza nuestros corazones, una vibración que sintoniza nuestras frecuencias, una resonancia que amplifica nuestra luz. Nuestras palabras de amor son una medicina, una terapia, una sanación; son el alimento de nuestros fuegos, el alimento del amor.

La unión física de las llamas gemelas es mucho más que un acto de pasión. Es un rito sagrado donde el cuerpo y el alma se funden, un recordatorio de que nuestras almas están destinadas a estar juntas. Cada roce es un himno a la pasión, una melodía que nos sumerge en el éxtasis.

No se trata solo de placer, sino de amor en su máxima expresión. Cuando nuestros cuerpos se encuentran, cada célula de nuestro ser canta un himno de amor eterno. El éxtasis que compartimos es una expresión de la profunda conexión que compartimos, un regalo divino que nos recuerda que somos dos mitades de una misma alma.

El placer de la unión

Cuando nuestros fuegos se unen, experimentamos el placer en su forma más pura y profunda. Es como si el universo entero guardara silencio, y solo existe espacio para el amor y la pasión. Nuestros cuerpos se convierten en instrumentos que entonan una canción de placer y devoción.

La unión física de las llamas gemelas es una celebración del amor divino que compartimos. Cada momento compartido en la intimidad es una oración, un tributo a la eternidad de nuestra conexión. Nuestros cuerpos se convierten en un templo sagrado donde adoramos a nuestras fuegos gemelos con amor eterno.

Esta unión no es solo un acto físico, sino también una fusión espiritual. Es el resultado de un largo y arduo camino de sanación y rendición. Es el encuentro de dos almas que se reconocen como una, que se complementan y se elevan mutuamente. Es el regalo más preciado que el universo nos ofrece.

Cuando nos amamos, el mundo se calla, y solo hay amor y pasión entre nosotros. Nuestros cuerpos, entonces, son la música de una canción que nunca termina, una canción de placer y entrega.

Cuando nos unimos con nuestra llama gemela, experimentamos una dicha indescriptible, una paz infinita y una gratitud inmensa. Es como si finalmente regresáramos a casa, encontrando nuestro propósito y cumpliendo nuestra misión en esta vida. En ese instante, nos sentimos conectados con todo lo que existe, formando parte de la fuente misma de todo amor.

Decretos poderosos para elevar la energía sexual

Los decretos son herramientas poderosas que nos permiten manifestar y elevar nuestra energía, sintonizando con la frecuencia del amor y la unión sagrada. Al pronunciar estos decretos con convicción y entrega, invocamos la fuerza del universo para alinear nuestros corazones con el propósito más elevado de nuestra conexión con nuestra llama gemela.

Practicar los decretos requiere compromiso y dedicación. Te invito a encontrar un espacio tranquilo y sagrado donde puedas concentrarte plenamente en el poder de tus palabras. Cierra tus ojos, respira profundamente y siente la presencia de tu gemelo a tu lado, ya sea que la conozcas en persona o en tu corazón. Visualízala con claridad, imaginando cada detalle de su ser y la conexión profunda que comparten.

Ahora, permítele a tu mente y tu corazón abrirse a la energía de estos decretos, permitiendo que penetren en lo más profundo de tu ser y en la esencia misma de tu unión con tu llama gemela. Con cada palabra que pronuncies, siente cómo tu energía se eleva y se funde con la de tu gemelo, creando un vínculo aún más fuerte y poderoso entre ustedes.

Estos decretos te guiarán en el camino hacia una mayor vibración en la energía sexual y sagrada, permitiéndote conectar más íntimamente con tu llama y experimentar la plenitud del amor divino que los une. Que cada palabra que pronuncies sea un recordatorio de la belleza y la profundidad de tu conexión, llevándote más cerca hacia la realización de vuestro destino compartido como llamas gemelas.

***

En la unión con mi llama gemela, experimento una dicha indescriptible que trasciende dimensiones.

Cada acto sexual con mi llama gemela es una fusión de almas, una herramienta de sanación y transformación.

La energía kundalini nos conecta con nuestra esencia divina y con el amor que compartimos como llamas gemelas.

La unión física con mi llama gemela es un rito sagrado que celebra nuestra conexión eterna.

En la fusión de cuerpos, encuentro la expresión máxima del amor entre llamas gemelas.

El éxtasis compartido con mi llama gemela es una manifestación de nuestra profunda conexión espiritual.

Cada roce es un himno a la pasión, un eco de nuestro amor que reverbera en el espacio y el tiempo.

Nuestros cuerpos se convierten en templos sagrados donde adoramos la esencia divina de nuestra unión.

En la unión física, experimentamos la plenitud y la armonía que emanan de nuestra conexión como llamas gemelas.

Cada momento de intimidad es una oración, un tributo a la eternidad de nuestro amor como llamas gemelas.

El placer compartido entre llamas gemelas es una celebración del amor divino que nos une.

Nos entregamos mutuamente con gratitud y devoción, reconociendo el regalo preciado de nuestra unión.

En la unión con mi llama gemela, encuentro mi propósito y cumplo mi misión en este universo.

Nuestro encuentro físico es un reflejo de nuestra conexión con la fuente misma del amor.

Como llamas gemelas nos reconocemos como una sola alma que se eleva en la danza eterna del amor divino.

CAPÍTULO 12
Durante la Separación: ¿Puedes Tener Otras Relaciones Íntimas?

«La pasión es el fuego del amor que quema con deseo y anhelo».

Debasish Mridha

Una de las cuestiones más delicadas y desafiantes que puedes enfrentar en este camino es si es posible o apropiado tener otras relaciones sentimentales o sexuales mientras tu llama gemelas e encuentra en separación contigo.

En los momentos de separación con Ethan, antes de que nuestra relación se definiera completamente, experimentamos la turbulenta montaña rusa de emociones. Sabíamos que estábamos destinados el uno al otro, pero la intensidad de nuestra conexión a veces nos llenaba de temor. En otras ocasiones, simplemente nos resistíamos al compromiso, paralizados por nuestros propios miedos.

En esos lapsos, tanto Ethan como yo exploramos otras relaciones, ya que nuestro vínculo aún no estaba claro. Yo observaba cómo se relacionaba con otras mujeres, pero mi corazón ansiaba estar a su lado. Sin embargo, mis propios temores me impulsaban en dirección contraria, llevándome a buscar el amor en otros brazos.

Aunque las relaciones que intentamos forjar con otras personas fueron honestos esfuerzos por amar, resultaron ser superficiales e hirientes, tanto para ellos como para nosotros.

Aquellas experiencias solo lograron dejarnos insatisfechos y llenos de dolor. Fue como un recordatorio constante de que estábamos destinados a estar juntos, pero necesitábamos superar nuestros propios obstáculos internos antes de poder abrazar plenamente nuestra conexión.

Llegó un momento en el que tanto Ethan como yo tomamos la decisión de dar un paso atrás en lo que respecta a buscar el amor en otras personas. Habíamos experimentado suficiente sufrimiento y vacío en nuestras relaciones con terceros. En ese punto, entendimos que necesitábamos redescubrir el amor dentro de nosotros mismos antes de poder compartirlo con alguien más. Nos dimos cuenta de que para amar verdaderamente a otra persona, debíamos primero aprender a amarnos a nosotros mismos. ¿Cómo podríamos dar amor si nuestros corazones aún estaban llenos de heridas no sanadas?

Esta pausa en nuestra búsqueda nos brindó una oportunidad invaluable para el crecimiento y la autorreflexión. Durante ese tiempo, aprendimos a sanar nuestras heridas, a abrazar nuestras propias imperfecciones y a reconocer la belleza de nuestro ser individual. Nos dimos cuenta de que antes de unirnos en una relación auténtica, necesitábamos convertirnos en seres completos por derecho propio. El viaje de autodescubrimiento fue un proceso desafiante pero liberador, que nos permitió florecer como individuos.

Finalmente, comprendimos que para amar plenamente a nuestra llama gemela, primero debíamos ser capaces de amarnos a nosotros mismos. Solo cuando estuviéramos completos y en paz con nosotros mismos podríamos embarcarnos en el viaje de amor que siempre habíamos deseado. Ese tiempo de separación y autodescubrimiento resultó ser una etapa esencial en nuestro camino hacia la unión.

¿Has experimentado momentos en tu vida en los que buscando el amor fuera de ti mismo solo te dejó insatisfecho? ¿Cómo crees que el amor propio es fundamental antes de poder amar plenamente a otra persona?

Una pregunta frecuente en este camino es si es ético o posible tener otras relaciones sentimentales mientras esperas la unión con tu llama gemela. La respuesta no es definitiva y varía según cada individuo y situación. Aquí hay algunas consideraciones clave:

¿Practicar o no el celibato?

Algunas personas, ya sea que hayan encontrado a su llama gemela o no, deciden practicar el celibato, es decir, abstenerse de tener relaciones sexuales con otras personas. Esta decisión puede ser motivada por la sensación de insatisfacción que les producen otras relaciones, las cuales pueden llevarlos a experimentar sentimientos de vacío y tristeza.

El celibato les permite conservar su energía sexual y dirigirla hacia su crecimiento espiritual y su misión de vida. Al optar por no tener relaciones sexuales con otras personas, mantienen su fidelidad hacia su llama gemela y hacia sí mismos, fortaleciendo así el vínculo que los une. Es una manera de honrar su amor y su integridad, preparándose para el reencuentro definitivo con su ser amado.

Sin embargo, es posible que otras personas no deseen practicar el celibato hasta que tengan claridad sobre su relación con su llama gemela. Pueden sentir la necesidad de explorar otras opciones o experimentar la sexualidad con otras personas antes de comprometerse. Tal vez tengan dudas sobre si esa persona especial es realmente su pareja ideal o si están preparados para comprometerse con ella. Puede que sientan miedo de perder la oportunidad de conocer a alguien más o de quedarse solos si su llama no regresa.

Estas dudas y temores son normales, pero es importante recordar que el celibato no es una obligación ni una imposición, sino una elección personal que depende del nivel de conciencia y del propósito de vida de cada individuo. Practicar el celibato no implica renunciar al placer, sino honrar el amor y la integridad de uno mismo, y prepararse para el reencuentro con la llama gemela.

En última instancia, el celibato en el camino de las llamas gemelas se trata de practicar el sexo desde el corazón y no desde la mente. No se trata de reprimir los deseos, sino de honrar el cuerpo como un vehículo de amor y sanación. Cuando se comparte un momento íntimo con el fuego gemelo, se participa en una experiencia sagrada que va más allá de la satisfacción física. El camino de las llamas gemelas es un viaje emocional y espiritual profundo, y es importante ser consciente de los propios sentimientos y motivaciones al abrirse a otras relaciones durante la separación.

Crecimiento personal y sanación

La comunicación clara y abierta es esencial en todas las relaciones, especialmente en el contexto de las llamas gemelas. Si se decide explorar otras relaciones, es importante ser transparente con la pareja actual o potencial sobre la situación. Compartir los sentimientos, deseos y expectativas en la relación es fundamental para mantener una conexión honesta y significativa.

El crecimiento personal y la sanación son aspectos centrales del tiempo de separación en el camino de las llamas gemelas. Antes de embarcarse en una nueva relación, es importante dedicar tiempo y energía al propio proceso de sanación y desarrollo personal. La relación con uno mismo es la base de cualquier relación exitosa.

Es importante recordar que tanto uno como la llama gemela están en este camino juntos, incluso durante la separación. Si se decide explorar otras relaciones, se debe hacer con respeto por la conexión espiritual compartida con la llama. Mantener la comprensión de que el amor por ella sigue siendo profundo, independientemente de las decisiones tomadas en la vida amorosa.

Finalmente, la pregunta sobre si se pueden tener otras relaciones sentimentales durante la separación es una cuestión personal. No hay una respuesta única para todos, ya que cada alma tiene su propio viaje y desafíos únicos. Lo más importante es sumergirse en el proceso de autodescubrimiento, autoamor y sanación que esta fase ofrece. El amor es la aventura más grande y el misterio más profundo, y el camino de las llamas gemelas está diseñado para guiar hacia una unión más profunda y significativa, ya sea con la llama gemela o con un nuevo compañero de vida.

¿Y si aún no se ha encontrado a la llama gemela?

¿Es traición amar a otros cuando aún no se ha encontrado a la llama gemela? Algunos pueden decir que sí, que se debe reservar el amor para ella. Sin embargo, otros opinan que la vida es un regalo que debe disfrutarse y aprenderse, y que negarse a vivir otras relaciones sanas es negarse a uno mismo, a su esencia social y humana.

Todos necesitan amor y cariño, y no hay nada de malo en buscarlo en quienes nos hacen felices, siempre que no sea un amor tóxico o dependiente. Cada persona que pasa por la vida acerca más a la llama gemela, porque enseña algo sobre el amor, sobre uno mismo y sobre Dios.

Conclusión

Decidir no tener otras relaciones sentimentales o sexuales en el viaje de las llamas gemelas es una elección personal. Tu cuerpo es un templo sagrado que alberga tu esencia y energía, y cada interacción íntima tiene un impacto en tu campo energético. Practicar el celibato puede ser una forma de proteger y nutrir tu energía, mantenerla limpia y honrar la profunda conexión que compartes con tu llama gemela.

No se trata de reprimir los deseos ni de negar la sexualidad, sino de elevarla a un nivel superior. Es un acto de amor propio y respeto hacia tu propia esencia y la de tu llama gemela. Al abstenerse de relaciones sexuales con otros, estás haciendo una declaración poderosa sobre la pureza y la exclusividad de vuestro vínculo espiritual. Estás reconociendo que vuestra unión es sagrada y que merece ser tratada con la reverencia que se merece.

Al actuar así, estás sintonizando tus energías con las de tu llama de una manera más profunda. Te estás preparando espiritualmente para la intensidad de vuestra conexión y para el momento en que finalmente os unáis en todos los niveles, incluyendo el físico. Es una elección consciente de esperar hasta que estés verdaderamente listo para esta unión en todos los aspectos.

No tener relaciones íntimas con otras personas también puede ser una oportunidad para el crecimiento personal y espiritual. Te brinda tiempo y espacio para explorar tu propio ser, sanar heridas pasadas y fortalecer tu conexión interna con tu llama gemela. Al centrarte en tu crecimiento individual, te estás preparando para contribuir de manera más plena a vuestra unión.

En cualquier caso, esta cuestión es una elección que varía según cada persona. No existe una regla única que se aplique a todos, y lo más importante es que tu elección sea auténtica y sincera. Ya sea que elijas estar sexualmente con otras personas o no, lo esencial es que tomes esta decisión en base al profundo amor y respeto que compartes con tu llama gemela. Tu conexión es única y sagrada, y la forma en que la honras es una elección que solo tú puedes tomar.

CAPÍTULO 13
Conviértete en una Llama Gemela Irresistible

«Te amo, no solo por lo que eres, sino por lo que soy cuando estoy contigo».

Roy Croft, en la película Notting Hill.

En el viaje del amor y el crecimiento espiritual, descubrir nuestra verdadera esencia y potencial como llamas gemelas es un proceso profundo y transformador. En este capítulo, exploraremos las claves esenciales que te ayudarán a convertirte en una llama gemela irresistible: un ser luminoso y poderoso que irradia amor, compasión y autenticidad en todas las áreas de tu vida.

Soltar la necesidad de controlar

El amor no puede ser encasillado ni dirigido por voluntad propia. Cualquier intento de ejercer control sobre tu ser amado tiende a sembrar la discordia y a distanciarlos más. La verdadera magia de esta conexión radica en permitir que fluya con la naturalidad del río que sigue su curso. Es aprender a confiar plenamente en que el divino Universo o Dios vela amorosamente por la unión, guiándola hacia su realización en el tiempo divinamente perfecto.

El miedo, la ansiedad y la necesidad de controlar son cadenas que atan las alas de esta conexión única. Para experimentar la plenitud de esta unión, es imperativo liberarse de esas cadenas y confiar en que el amor entre las llamas gemelas es un viaje que se desenvuelve de manera perfecta por sí solo.

Cuando tratas de controlar a tu gemelo, lo asfixias en esa presión y limitas su capacidad de ser él mismo. Este intento de dominación no solo es contraproducente, sino que puede incluso apagar la chispa de atracción que inicialmente los unió. Recuerda, tu llama gemela te ve irresistible cuando percibe que no intentas controlarla, cuando siente la libertad de ser quien realmente es junto a ti.

Como ríos que fluyen sin obstáculos, confiamos en el Universo para guiar nuestro destino, permitiendo que el amor se manifieste en su tiempo divinamente perfecto.

En lugar de controlar, permite que el vínculo entre ustedes se desarrolle de manera orgánica y espontánea. Valora la unicidad de tu llama gemela y respeta sus propios tiempos y procesos. En este viaje de amor, cada uno debe mantener su propia luz y esencia, y así, en lugar de repelerse, seguirán atrayéndose de forma magnética.

Permite que tu luz interior ilumine el camino hacia tu llama gemela

No necesitas aparentar ni impresionar a nadie en este baile espiritual. Más bien, se trata de ser tú mismo en todo tu esplendor. Cuando te entregas al camino espiritual y vives en la autenticidad de tu ser, tu luz interior brilla de manera inconfundible. Esta luz es lo que atrae a tu llama gemela hacia ti de manera magnética.

En lugar de preocuparte por lo que otros piensan o cómo te perciben, concéntrate en vivir desde el corazón y en amor incondicional. Esta es la esencia del camino de las llamas gemelas: un viaje de autodescubrimiento, crecimiento espiritual y amor profundo. Cada lección que aprendes y cada paso que das para ser irresistible para ti mismo te acercan aún más a la unión con tu llama gemela.

Deja que tu luz interior sea tu guía en el camino hacia tu llama gemela, irradiando autenticidad y amor incondicional.

No te impacientes por el tiempo que tomará este viaje, ya que cada momento es una oportunidad para aprender y crecer. Confía en que la unión ocurrirá en el momento divinamente perfecto, cuando ambas almas estén preparadas para encontrarse nuevamente.

Cultiva la autoaceptación y el amor propio

Una de las cualidades más irresistibles para tu llama gemela es la autoaceptación y el amor propio. Cuando te amas y te aceptas completamente tal como eres, emanas una confianza y una energía magnética. Este amor propio te permite enfrentar desafíos con gracia y compasión, lo que enriquece tu relación.

Aprende a amar tus imperfecciones y a verlas como parte de tu singularidad. No te critiques ni te juzgues constantemente. En cambio, practica la autocompasión y sé tu propio mejor amigo. Trabaja en liberarte de patrones de pensamiento negativos que te hacen sentir indigno o inadecuado.

Cultiva el amor propio y la aceptación de ti mismo, pues en esa confianza y esa luz propia reside el magnetismo que atraerá a tu llama gemela hacia tu corazón enamorado.

La autoaceptación también implica establecer límites saludables en las relaciones. Saber cuándo decir *no* y proteger tu bienestar emocional es esencial. Cuando te respetas a ti mismo, envías un mensaje claro de que mereces ser tratado con amor y respeto, y esto atraerá a una llama gemela que comparta estos valores.

Cultiva la comunicación auténtica

La comunicación auténtica es otro aspecto crucial para ser irresistible para tu llama gemela. Una relación sólida se basa en la apertura y la honestidad. Aprende a expresar tus pensamientos y sentimientos de manera clara y respetuosa, y también a escuchar activamente a tu pareja.

La comunicación efectiva implica compartir tus sueños, metas, miedos y deseos. No temas ser vulnerable y hablar sobre tus experiencias pasadas, ya que esto fortalecerá la conexión entre ambos. Escuchar atentamente a tu persona amada y mostrar empatía también es esencial para construir una base sólida.

Evita la comunicación pasiva o agresiva, y busca un equilibrio en tus interacciones. La comunicación abierta y honesta crea un espacio seguro donde ambos pueden crecer y sanar juntos. Cuando tu llama gemela siente que puede confiar en ti y compartir su verdadero yo contigo, la atracción entre ustedes se fortalecerá aún más.

En el sendero del amor, la comunicación auténtica y la escucha compasiva son las piedras angulares que construyen un vínculo eterno entre las llamas gemelas.

En resumen, la autoaceptación, el amor propio y la comunicación auténtica son dos cualidades fundamentales para ser irresistible para tu llama gemela. Al cultivar estas cualidades, no solo te vuelves más atractivo para tu pareja espiritual, sino que también construyes una relación sólida y significativa basada en el amor y la comprensión mutua.

Nutre tu crecimiento espiritual

La espiritualidad es un componente esencial en el viaje de las llamas gemelas. Para ser verdaderamente irresistible para tu fuego gemelo, debes nutrir tu crecimiento espiritual. Esto implica embarcarte en un viaje de autodescubrimiento y conexión con tu ser interior. Meditar, practicar la gratitud y explorar tus creencias espirituales son formas poderosas de fortalecer tu conexión interna y, por lo tanto, tu magnetismo hacia tu ser amado.

Nutrir tu crecimiento espiritual es como regar el jardín del alma, cultivando la belleza que atrae irresistiblemente a tu llama gemela hacia la luminosidad de tu ser.

Abraza la vulnerabilidad

La autenticidad y la comunicación honesta son fundamentales en cualquier relación exitosa, especialmente en el contexto de las llamas gemelas. Para ser irresistible, debes aprender a abrazar la vulnerabilidad. Esto significa ser honesto contigo mismo y con tu llama gemela obre tus pensamientos, sentimientos y deseos más profundos. La vulnerabilidad crea un puente emocional que permite una conexión más profunda y auténtica. No temas mostrar tu verdadero yo; es precisamente eso lo que atraerá a tu gemelo hacia ti.

La vulnerabilidad crea un puente emocional que fortalece la conexión entre tú y tu ser amado.

Confía en el Universo

La confianza es un pilar fundamental en el camino de las llamas gemelas. En lugar de preocuparte constantemente por el destino de tu relación con ella, cultiva la confianza en el universo. Aprende a soltar el control y a creer que el universo está trabajando a tu favor. Cuando confías en que todo sucede en el momento divinamente perfecto, te liberas de la ansiedad y la necesidad de control. Esto te hace mucho más atractivo, ya que tu gemelo percibirá tu tranquilidad y confianza.

Suelta el control y cree que todo sucede en el momento adecuado. Esta confianza te hace más atractivo, ya que tu llama gemela percibirá tu tranquilidad y serenidad.

Decretos para ser irresistible para tu llama gemela

A continuación te ofrezco una serie de poderosos decretos diseñados para ayudarte a cultivar las cualidades esenciales que te harán verdaderamente irresistible para tu llama gemela. Al practicar estos decretos con regularidad, te abrirás camino hacia una relación profunda y significativa, basada en el amor incondicional y la comprensión mutua. ¡Prepárate para transformarte en la mejor versión de ti mismo y para atraer a tu llama gemela hacia tu brillante luz interior!

Confío plenamente en el flujo natural del amor entre mi llama gemela yo. Suelto todo intento de controlar y permito que el Universo guíe nuestra unión hacia su perfecta realización.

Mi luz interior brilla con fuerza y atracción magnética. Atraigo a mi llama gemela hacia mí con mi autenticidad y amor incondicional.

Me amo y me acepto completamente tal como soy. Mis imperfecciones son parte de mi singularidad y me hacen irresistible para mi llama gemela.

Me comunico abierta y honestamente con mi llama gemela. Nuestra relación se fortalece con cada palabra compartida con amor y comprensión.

Nutro mi crecimiento espiritual con gratitud y meditación. Estoy en sintonía con mi ser interior, atrayendo así a mi llama gemela hacia nuestra conexión espiritual.

Abrazo mi vulnerabilidad como una fortaleza, permitiendo que mi verdadero yo brille y atraiga a mi llama gemela hacia una conexión más profunda y auténtica.

Practico la gratitud diaria por todas las lecciones y bendiciones que me acercan cada vez más a mi llama gemela y a una unión verdaderamente significativa.

Cultivo la confianza en el proceso divino de mi viaje con mi llama gemela. Confío en que todo se desarrolla en el momento y el lugar perfectos.

Libero todo miedo y ansiedad relacionados con la unión con mi llama gemela. Confío en que estamos destinados a encontrarnos en el momento divinamente perfecto.

Me abro a recibir el amor incondicional de mi llama gemela y a dar amor de la misma manera. Confío en que nuestra conexión espiritual es eterna y poderosa.

Visualizo nuestra unión con claridad y certeza, sabiendo que nuestros corazones están destinados a estar juntos en armonía y amor eterno.

Acepto y perdono cualquier obstáculo en el camino hacia la unión con mi llama gemela. Estoy abierto a sanar y dejar ir cualquier resentimiento o dolor del pasado.

Confío en la sabiduría del Universo para guiar nuestra relación hacia la plenitud y la felicidad. Sé que todo sucede para nuestro mayor bien y crecimiento.

Estoy en paz con la distancia entre mi llama gemela y yo, sabiendo que nuestro vínculo espiritual es más fuerte que cualquier separación física.

Irradio amor incondicional hacia mí mismo y hacia mi llama gemela, creando así un campo de energía amorosa que nos une aún más.

Agradezco cada momento de espera y crecimiento durante nuestra separación, sabiendo que cada desafío nos acerca más a la unión definitiva.

Cultivo la paciencia y la serenidad mientras espero la reunión con mi llama gemela, sabiendo que el tiempo divino siempre es perfecto.

Confío en la magia de las sincronicidades y señales del universo que me guían hacia mi llama gemela. Estoy abierto y receptivo a sus mensajes.

Mantengo mi fe en el poder del amor para superar cualquier obstáculo o desafío en nuestro camino hacia la unión. El amor siempre triunfa.

Me entrego completamente al amor entre mi llama gemela y yo, sabiendo que nuestra unión es una bendición divina que merece ser celebrada y honrada.

CAPÍTULO 14
El Destino de las Llamas Gemelas: ¿Siempre Terminan Juntas?

«No te alejes. Ven aún más cerca. Tu aliento es la fragancia de flores».

Rumi

Es posible que te hayas preguntado alguna vez si todas las llamas gemelas logran unirse en una armonía y felicidad eternas. Yo también me planteé esta cuestión muchas veces durante mi camino. La incertidumbre me invadía, y las opiniones contradictorias que encontraba en las redes sociales solo aumentaban mi confusión. Tal vez te sientas identificado con esta situación. Por eso, quiero ofrecerte mi ayuda.

Como con muchos temas espirituales, la respuesta no es tan simple como sí o no. Durante mi propia travesía en busca de entendimiento y crecimiento espiritual, he descubierto que las respuestas a estas preguntas trascendentales no siempre son sencillas. Por eso, te invito a que te prepares para una exploración llena de matices y profundidad. ¿Estás listo?

El pacto de las almas

En el reino espiritual, mucho antes de que nuestras almas elijan el camino de la encarnación en la Tierra, ocurren procesos sagrados y acuerdos trascendentales. Uno de los pactos más profundos y significativos que se forjan es el acuerdo entre llamas gemelas.

Imagina este acuerdo como un contrato divino que transcurre más allá del tiempo y del espacio. En este acuerdo preexistente, las llamas se comprometen a compartir un viaje de crecimiento espiritual y amor en el plano terrenal. Aunque este pacto a veces permanece oculto en las profundidades del subconsciente, ejerce una poderosa influencia sobre sus vidas y destinos.

Sin embargo, surge una pregunta que inquieta a quienes exploran este tema: ¿todas las llamas gemelas terminan siempre juntas?

Llamas Gemelas 2

Este acuerdo preexistente entre las llamas las guía a través de múltiples vidas y experiencias. Reconociéndose mutuamente en su esencia más profunda, se comprometen a apoyarse en su evolución espiritual y en la búsqueda del amor y la verdad. Juntas, eligen encarnar en el plano terrenal con la intención de aprender, crecer y expandirse espiritualmente.

Este pacto es como una llama que arde en sus corazones, y aunque a veces se apague en la vida terrenal, sus almas siempre la sienten en su interior. A veces, esta sensación se convierte en un deseo intenso, una búsqueda espiritual de algo o alguien que sienten que les falta, incluso cuando no saben quién es.

Sin embargo, este pacto no garantiza automáticamente que sus almas se encuentren físicamente en cada vida. A menudo, el camino puede estar lleno de momentos de separación, desafíos y obstáculos destinados a catalizar su crecimiento espiritual. Cada experiencia, ya sea de alegría o dolor, está diseñada para ayudarles a evolucionar y cumplir su acuerdo preexistente de unión espiritual.

A lo largo de sus vidas, este pacto guía a los amantes hacia la comprensión de su amor mutuo, la aceptación de sus diferencias y la superación de los obstáculos en su camino.

Finalmente, los lleva hacia la posibilidad de la reunión y la unión, donde pueden encontrarse en un amor completo, equilibrado y sagrado, que siempre ha sido su destino.

Las llamas gemelas se eligen antes de nacer, se buscan durante la vida, y se aman más allá de la muerte. Su pacto es eterno e inquebrantable.

En resumen, el pacto de las almas es el fundamento espiritual de la conexión entre las llamas gemelas pero su destino conjunto puede variar en la experiencia terrenal. Cada par de almas gemelas es único, y la respuesta a si terminarán siempre juntas se encuentra en el delicado equilibrio entre el pacto preexistente, el libre albedrío y el crecimiento espiritual.

El libre albedrío

Como en cualquier viaje espiritual, el papel del libre albedrío es fundamental en el destino de las llamas gemelas. Tienes el poder de elegir tu destino amoroso. El libre albedrío es una bendición divina que se nos otorga a todos. Cada alma tiene la capacidad de tomar decisiones y elecciones en su vida.

Esto significa que, incluso si dos almas están destinadas a estar juntas como llamas gemelas, las decisiones individuales pueden retrasar o acelerar su reunión, e incluso influir para no llegar a estar juntas físicamente en esta vida.

Ahora, te invito a reflexionar: ¿Cómo estás utilizando tu libre albedrío en tu propio camino de llama gemela? ¿Estás tomando decisiones conscientes que te acercan a tu unión, o te sientes atrapado en patrones que te alejan de tu ser amado?

Fe en el propósito divino

El destino de las llamas gemelas requiere confiar en el proceso divino. Es un camino que puede tener incertidumbre, dudas y desafíos. Pero la confianza en que el universo tiene un plan mayor para ambas almas les da fortaleza y paciencia en este viaje. Aunque no todas las llamas logran una unión en esta vida, el amor y la conexión que tienen son eternos. Su amor espiritual permanece unido, más allá de la distancia física.

El amor eterno

El destino de las llamas gemelas es un fuego sagrado de libre albedrío, crecimiento espiritual y confianza en el proceso divino. No hay una respuesta única para todos, ya que cada par de almas es único y su viaje espiritual es personal. Lo importante es que, independientemente de si están juntas o separadas en este momento, el amor entre las llamas es eterno.

El viaje hacia la unión espiritual y el crecimiento personal son los pilares fundamentales de esta experiencia, y el destino de su amor siempre está en manos de las fuerzas divinas que lo avivan. Así que, abraza tu propio viaje y confía en que el amor y la sabiduría que encuentres en el camino son preciosos regalos en tu evolución espiritual. Tu destino está lleno de amor y luz, sin importar dónde te lleve.

Recuerda que la decisión de estar juntos en esta vida depende de las elecciones y el crecimiento espiritual de ambas almas, pero el amor que compartimos trasciende el tiempo y el espacio, y nuestras almas están eternamente unidas por este fuego divino del destino.

Las llamas gemelas se enfrentan a muchos retos y pruebas, pero cada una de ellas les hace más fuertes y sabios. Su destino es aprender, crecer y amar juntos.

Continúa tu viaje con amor, confianza y gratitud, y permítete crecer y evolucionar en la compañía eterna de tu llama gemela, ya sea en presencia física o espiritual.

Oración para invocar a tu llama gemela

La oración es una práctica poderosa para invocar a tu llama gemela. Es un acto sagrado de conexión con el universo y con tu propio ser interior. Es una forma de abrir tu corazón y tu mente a la posibilidad de la unión divina con tu fuego gemelo, mientras te alineas con el flujo natural del amor y la energía universal.

Esta oración no solo es una expresión de tu deseo sincero de encontrar y unirte con tu gemelo, sino también una herramienta poderosa para elevar tu vibración y sintonizarte con el amor incondicional que emana del universo.

Ahora bien, su propósito no es manipular o controlar el destino, sino más bien abrirte a la posibilidad y la belleza de la conexión con tu llama gemela. Es un acto de entrega y confianza en el proceso divino que guía tu vida y te lleva hacia tu más alto potencial espiritual.

Aquí tienes algunas indicaciones sobre cómo practicar la oración para invocar a tu llama gemela:

Busca un espacio tranquilo y sereno donde puedas estar cómodo y sin distracciones. Puede ser tu habitación, un rincón tranquilo en tu hogar o algún lugar al aire libre donde te sientas conectado con la naturaleza.

Enciende una vela, utiliza incienso o coloca algunos cristales que te inspiren paz y serenidad. Puedes también poner música suave de fondo que te ayude a relajarte y concentrarte en tu práctica.

Antes de comenzar la oración, tómate un momento para establecer una intención clara y sincera. Puedes visualizar en tu mente el encuentro con tu llama gemela y abrir tu corazón a la posibilidad de la conexión divina.

Tómate un momento para respirar profundamente y relajar tu cuerpo y tu mente. Con cada inhalación, permite que la energía positiva entre en tu ser, y con cada exhalación, libera cualquier tensión o preocupación que puedas estar sintiendo.

Puedes recitar la oración en voz alta o en silencio, según lo que te resulte más cómodo. Si lo haces en voz alta, permite que tus palabras resuenen en el espacio a tu alrededor, infundiéndolo con tu intención y energía positiva. Si prefieres recitarla en silencio, enfoca tu atención en las palabras y permite que resuenen en tu interior.

Mientras recitas la oración, sintoniza con tu corazón y tu intuición. Permítete sentir la conexión profunda y sagrada con tu llama gemela mientras te entregas a la práctica con sinceridad y devoción.

Después de recitar la oración, tómate un momento para escuchar tu intuición y cualquier mensaje o señal que pueda llegar a ti. Mantente receptivo y abierto a las respuestas que puedan venir en forma de pensamientos, sensaciones o sincronicidades en tu vida diaria.

Para obtener mejores resultados, practica la oración de manera regular y consistente. Puedes hacerlo todos los días, varias veces a la semana o según lo sientas necesario. Lo importante es mantener la conexión y la apertura hacia la posibilidad de la unión con tu llama gemela.

Recuerda que cada persona es única, así que siéntete libre de adaptar esta práctica a tus propias necesidades y preferencias. Lo más importante es mantener una actitud de apertura, confianza y gratitud mientras te entregas a la práctica de invocar a tu llama gemela.

Oración:

Oh, divina presencia, que habitas en lo más íntimo de mi ser, te llamo en este instante con humildad y devoción. En el sagrado santuario de mi corazón, siento el fuego inmortal que me une a mi llama gemela, una unión que ha sido creada por el destino desde el principio de los tiempos.

Que mi voz se alce hacia el cielo y resuene en las estrellas, invocando a mi llama gemela desde los confines más lejanos del universo. Que el sonido de mis palabras sea como un faro que atraiga a mi amado hacia mí, seduciéndolo con la irresistible fuerza del amor puro y verdadero.

En este momento de quietud y meditación, abro mi corazón y mi alma a la posibilidad de la unión divina. Aparto cualquier resistencia, miedo o duda que pueda impedir nuestro encuentro, y me dejo llevar por el curso del destino.

Llamas Gemelas 2

Que nuestros fuegos se fundan en un abrazo eterno, fusionándose en un amor que supera las fronteras del tiempo y el espacio.

Que cada paso que demos en este viaje hacia la unión esté lleno de la sabiduría del universo, iluminándonos con su luz hacia el destino que nos espera. Que cada reto que afrontemos sea una oportunidad para crecer y aprender juntos, afianzando nuestra conexión y nuestro amor.

Oh, divina presencia, te doy las gracias por la bendición de esta conexión sagrada, por el don de hallar a mi llama gemela en el inmenso mar del universo. Que esta oración sea como un faro de luz que alumbre nuestro camino y nos conduzca hacia la plenitud del amor verdadero.

Que así sea, ahora y por siempre.

CAPÍTULO 15
Carta a mi Llama Gemela

Mi amado Ethan,

Cuando miro atrás en el tiempo y observo las fotografías de aquellos momentos en los que nos conocimos, no solo veo imágenes, sino un viaje que ha transformado mi vida en su totalidad. En esas instantáneas, las circunstancias y las personas que rodeaban mi existencia eran diferentes. Mi vida tenía un ritmo y una esencia distintos. Trabajaba en un lugar distinto, pensaba y sentía de manera diferente. Vivía sin ningún propósito, simplemente existía.

Comparo esa versión anterior de mí misma con la que soy ahora, y veo un profundo desarrollo, un crecimiento que no solo ha sido una evolución personal, sino también un proceso compartido en el que nuestras conciencias siempre estuvieron conectadas.

En aquellos primeros encuentros, nuestras almas se reconocieron mutuamente, incluso antes de que nosotros lo hiciéramos. No importaba en qué parte del mundo nos encontráramos, no importaba la distancia física ni las circunstancias terrenales, nuestra unión estaba sellada por algo más profundo, por un pacto divino.

El viaje de transformación y crecimiento comenzó en ese momento. Ambos teníamos heridas por sanar y lecciones por aprender. Nuestras almas se comprometieron a hacerlo, incluso si eso significaba hacerlo por separado en algunos momentos.

Desde aquel encuentro inicial, he tenido que enfrentar mis demonios internos y sanar mis propias heridas. He explorado rincones oscuros de mi ser, he sentido emociones que antes me asustaban y he aprendido a abrazar cada aspecto de mi ser. He conocido mis defectos y virtudes, y he entendido que ambos son igualmente valiosos en mi camino de evolución.

A través de los años, mi actitud hacia la vida ha cambiado. He aprendido a apreciar lo que verdaderamente importa y a dejar atrás lo superfluo. Las cosas materiales han perdido su importancia, mientras que los valores espirituales y emocionales han cobrado un significado más profundo.

Mi transformación no ha sido un camino solitario. A pesar de la distancia física, nuestras almas se han mantenido en constante conexión. Cuando he necesitado apoyo, tu energía y amor siempre han estado ahí para guiarme. Cuando me he sentido perdida, tu alma me ha recordado el camino.

Este viaje ha sido un regalo divino. He aprendido lecciones que no se pueden enseñar en ningún aula. He comprendido la importancia de la paciencia, la perseverancia y el amor incondicional. He aprendido que el tiempo y el espacio son solo ilusiones terrenales, mientras que el vínculo entre almas es eterno.

Mirando hacia atrás, puedo decir con absoluta certeza que este viaje, independientemente de su resultado final, ha valido cada momento. A veces me pregunto si habría emprendido este mismo camino incluso si no fueras mi verdadera llama gemela. La respuesta es sí. El aprendizaje, el crecimiento y la evolución que he experimentado a tu lado son invaluables. Eres mi maestro más grande, el regalo divino que Dios me ha otorgado.

No sé qué nos depara el futuro, pero sé que quiero vivirlo contigo. Quiero abrazarte, besarte, mirarte a los ojos y decirte lo mucho que te amo. Quiero compartir contigo cada momento, cada alegría, cada desafío, cada sueño. Quiero ser tu compañera, tu amiga, tu amante, tu alma gemela.

Tessa Romero

No hay nadie más en este mundo que pueda llenar mi corazón como tú lo haces. Eres la otra mitad de mi ser, la pieza que completa mi rompecabezas. Eres el sol que ilumina mi día, la luna que alumbra mi noche, la estrella que guía mi camino. Eres el aire que respiro, el agua que me alivia la sed, el fuego que me calienta. Eres el principio y el fin de todo lo que soy y lo que seré.

Te agradezco por existir, por ser parte de mi vida, por ser mi llama gemela. Te agradezco por tu amor, tu paciencia, tu comprensión, tu apoyo. Te agradezco por todo lo que hemos vivido, lo que estamos viviendo y lo que viviremos. Te agradezco por ser tú, por ser yo, por ser nosotros.

Te amo con todo mi ser, con toda mi alma, con todo mi corazón. Te amo más allá de las palabras, más allá del tiempo, más allá del espacio. Te amo más que a nada, más que a nadie, más que a mí misma.

Con amor eterno,

Ophelia

Llamas Gemelas 2

GRACIAS POR LEER ESTE LIBRO

Querido lector,

Has llegado al final de este libro, y quiero agradecerte por haberlo leído. Espero que hayas disfrutado de esta obra, que ha sido escrita con mucho amor y dedicación.

Este libro es el resultado de mi propia experiencia como llama gemela, y de las enseñanzas que he recibido de mi amado Ethan. A través de estas páginas, he querido compartir contigo mi historia, mis aprendizajes, mis consejos y mis reflexiones sobre este maravilloso y desafiante camino de evolución espiritual.

Mi intención al escribirlo ha sido la de inspirarte, motivarte y acompañarte en tu propio viaje como llama gemela. Quiero que sepas que no estás solo, que hay muchas personas que están viviendo lo mismo que tú, y que hay una razón divina para todo lo que te sucede.

Quiero que confíes en tu intuición, en tu corazón y en tu alma. Quiero que creas en el amor, en la magia y en los milagros.

Quiero que te ames a ti mismo, a tu pareja y a la vida. Quiero que seas feliz, pleno y libre.

Si este libro te ha gustado, te ha ayudado o te ha hecho sentir algo, te invito a que dejes tu opinión en Amazon. Tu valoración es muy importante para mí, y me ayudará a mejorar y a llegar a más personas que puedan beneficiarse de este libro.

También te invito a que me escribas a mi correo opheliasharuh@gmail.com para que me cuentes tu experiencia, tus dudas, tus sugerencias o lo que desees. Me encantará saber de ti y poder conversar contigo.

Te agradezco de nuevo por tu tiempo, tu atención y tu interés. Te envío un abrazo de luz y un beso de amor.

Tu amiga y compañera de viaje.

Ophelia

La producción gráfica del presente libro
fue terminada en abril de 2024
en los talleres editoriales de:

Primera Edición
edicionesdelaparra.com
Copyright © Ophelia Sharuh, 2024

Printed in Great Britain
by Amazon